Schoko

Bibliografische Information Der Deutschen Bibliothek

Die Deutsche Bibliothek verzeichnet diese Publikation in der Deutschen Nationalbibliografie;
detaillierte bibliografische Daten sind im Internet über http://dnb.ddb.de abrufbar.

Dieses Buch wurde auf FSC-zertifiziertem Papier Munken Print gedruckt (COC 1693).
FSC steht für nachhaltige Forstwirtschaft und den bewussten Umgang mit unseren natürlichen Waldressourcen.

5 4 3 2 1 10 09 08 07

Titel der Originalausgabe: Trust me, I'm a Troublemaker
Die Originalausgabe ist 2005 im Verlag Random House Children's Books (Corgi Books) erschienen

Titelbild und Vignetten: Katja Jäger
Übersetzung: Maja von Vogel

ISBN 978-3-7607-2436-2

www.arsedition.de

Pete Johnson

Streberalarm!

Ein Tagebuch

Aus dem Englischen von
Maja von Vogel

arsEdition

Mit den allerbesten Wünschen für Gwynneth Bailey
und alle Schülerinnen und Schüler
der Aldborough Primary School

MIRANDA JONES

Tante Prue
Kummerkasten-Seite
COOL!
Williams Terrace
London

Dienstag, 6. Januar

Liebe Tante Prue,

ich hätte nicht gedacht, dass ich einmal an eine Kummerkasten-Seite schreiben würde. Aber angeblich beantwortest Du ja jeden Brief – und Du bist meine allerletzte Hoffnung.

Letztes Jahr im Oktober nahm mein Leben eine tragische Wendung. Und zwar in dem Moment, als ich Archie Swift zum ersten Mal sah. Er stand auf dem Schulhof, hielt einen Regenschirm unter dem einen Arm, eine Zeitung unter dem anderen und trug irgendeinen furchtbaren Fetzen um den Hals (ein scheußlicher grauer Schal mit Bommeln am Ende, falls Du die traurigen Einzelheiten wissen willst).

Er war kein bisschen schüchtern, und noch vor der ersten Stunde wussten wir alle, dass sein Vater Schauspieler ist und sein größter Erfolg darin besteht, die Stimme von Meister Wisch in all diesen Werbespots zu sprechen (»Meister Wisch wischt alles rein, denn das Klo soll sauber sein.«).

Am Ende des ersten Tages hatten wir Archie Swift schon gründlich satt. Besonders unerträglich war, dass er seine Nase in absolut alles hineinstecken musste. Entweder sagte er uns, was wir zu tun hatten, oder er wies uns zurecht. Ich habe noch nie einen so oberlehrerhaften Zwölfjährigen erlebt. Aber er ist uns anderen ja auch weit überlegen. Zumindest glaubt er das.

Außerdem ist er der größte Schleimer, den die Welt je gesehen hat. Er meldet sich sogar freiwillig, um für die Lehrer die Tafel zu putzen oder mittags ihr Essenstablett zurückzubringen ... Okay, Du weißt sicher, was ich meine, Tante Prue.

Natürlich baut er nie irgendwelchen Mist in der Schule. Einmal hab ich ihm eine Wasserbombe in die Hand gedrückt und gesagt: »Im Namen des Spaßes, Archie, bewirf jemanden damit. Du kannst sogar mich bewerfen, wenn du willst.«

Aber er sah mich nur verwirrt an und fragte: »Und was für einen Sinn soll das haben?«

Danach konnte ich einfach nicht anders, ich musste die Wasserbombe auf ihn abfeuern.

Er macht alle wahnsinnig, aber am allermeisten mich. Ich brauche nur zu hören, wie er mit seiner herablassenden Stimme herumschwafelt, dann kommt mir schon das Frühstück hoch.

Aber heute (der erste Schultag nach den Weihnachtsferien) hat er einen neuen Rekord in widerwärtigem Verhalten aufgestellt. Es war die letzte Stunde, und Mrs Byrne schien vergessen zu haben, uns Hausaufgaben aufzugeben. Wir zählten die Sekunden bis zum Klingeln, als eine ernste, schleppende Stimme sagte (Archie spricht immer so, als wäre er ungefähr siebenundachtzig Jahre alt): »Entschuldigen Sie, Mrs Byrne, aber Sie haben die Hausaufgaben vergessen.«

Die ganze Klasse fiel hinterher über ihn her – und ich ganz besonders. Aber er schämte sich kein bisschen.

»Ich musste es tun«, sagte er und ein ekelhaftes kleines Lächeln erschien auf seinem Gesicht. Am liebsten hätte ich ihm jeden Zahn einzeln ausgeschlagen.

Er ist ein Streber, keine Frage. Und zwar der nervigste Streber auf dem Antlitz dieses Planeten. Ich ertrage das nicht länger. Also, was soll ich tun?

Verzweifelte Grüße von Deiner
Unruhestifterin

(auch bekannt als Miranda Jones)

Erstes Kapitel

Aus Archies Tagebuch

Dienstag, 6. Januar

Wurde heute wieder als »Streber« beschimpft. Außerdem als »blöder Schleimer«, »Speichellecker«, »Lehrer-Liebling« und einiges andere, das ich lieber nicht wiederholen möchte. Und alles nur, weil ich Mrs Byrne an die Hausaufgaben erinnert habe.

»Warum konntest du nicht deine große Klappe halten?«, schrie mich Miranda Jones hinterher an.

Ich versuchte ihr zu erklären, dass das nun mal nicht meine Art sei.

Es ist wirklich nicht leicht, ungewöhnlich reif für sein Alter zu sein. Ich bin noch nicht einmal dreizehn und schon so erwachsen wie ein Achtzehnjähriger. Vielleicht sogar wie ein Zwanzigjähriger.

Aber ich war eben immer schon viel weiter als alle anderen. Mit gerade mal sechs Jahren konnte ich mit meiner Oma und ihren Freundinnen bereits über das Tagesgeschehen plaudern.

Das hat sie ganz schön beeindruckt. Das Komische ist, dass ich nie absichtlich versucht habe, mich wie ein Erwachsener zu benehmen. Aber wenn ich morgens aufwache, kann ich förmlich spüren, wie mich die Reife von Kopf bis Fuß ausfüllt.

Ich schätze, es ist eine Art Talent. So wie manche Leute als Mathe-Genies oder Fußball-Champions geboren werden. Und ich habe eben ein paar Extraportionen Weisheit abbekommen.

Als ich heute nach Hause kam, kümmerte ich mich wie jeden Dienstag um die Wäsche. Während ich dies schreibe, liegt alles zum Trocknen auf der Heizung. Bevor ich morgen zur Schule gehe, werde ich das Bügelbrett herausholen und schnell noch ein paar Hemden bügeln.

Dad ist heute Abend spät nach Hause gekommen. Er war mal wieder bei einem Vorsprechen. Aber das Abendessen stand schon im Ofen. Ich hatte Pommes frites, Fischstäbchen und Bohnen gemacht. Es wartet immer eine warme Mahlzeit auf Dad, egal wann er nach Hause kommt.

Mittwoch, 7. Januar

Habe Miranda heute Morgen freundlich gegrüßt. Ich wollte ihr zeigen, dass ich ihr nicht mehr böse bin, weil sie mich gestern so angeschrien hat.

»Was tust du da?«, fragte sie sofort.

»Ich hab dir zugelächelt.«

»Hör auf damit«, sagte sie. »Es stört mich.«

Das sollte bestimmt ein Witz sein. Sie hat einen sehr merkwürdigen Sinn für Humor. Alles in allem ist Miranda eine recht eigenartige Person. Sie sitzt allein ganz hinten in der Klasse und sieht ziemlich verwahrlost aus. Sie bekommt ständig Ärger, weil sie ihren Rock hochkrempelt, Hosen trägt oder sich die Augenbrauen pierct.

Heute haben wir unseren neuen Mathelehrer kennengelernt, einen ziemlich kleinen Mann mit rötlichen Haaren und einem schmalen, rötlichen Schnurrbart. Er schrieb seinen Namen an die Tafel: Mr Tinkler.

»Tinky Winky«, rief jemand. Er wurde knallrot, sagte aber nichts.

Er sprach sehr leise, aber was er erzählte, war hochinteressant. Er sagte, Mathematik sei ein sehr aufregendes Fach, doch einige Leute kämen vom Weg ab, und darum würde es ihnen keinen Spaß machen.

»Mathematik ist wie eine Reise«, erklärte er. »Und ich werde euch auf dieser Reise begleiten.«

»Ach, du je«, murmelte jemand.

»Und was passiert, wenn man unterwegs Reiseübelkeit bekommt?«, fragte jemand anders.

Mr Tinkler wurde wieder knallrot.

»Gebt ihm doch eine Chance!«, zischte ich. Aber die anderen kicherten nur. Sogar der Käse im Supermarkt ist reifer als einige meiner Mitschüler.

Donnerstag, 8. Januar

Armer Mr Tinkler. Ein Junge fragte, ob er mal auf die Toilette gehen dürfte. Und dann verließen gleich sechs Schüler den Raum.

»Nicht alle auf einmal«, rief Mr Tinkler. Aber sie gingen trotzdem und blieben eine Ewigkeit fort. Der Direktor brachte sie schließlich zurück. In der Klasse wurde es totenstill, als er hereinkam.

Der Direktor blieb neben der Tür stehen und sah sich den Rest der Stunde an. Mr Tinklers Hand zitterte, als er etwas an die Tafel schrieb.

Hinterher wollte ich ihm ein paar freundliche Worte sagen, aber der Direktor stand neben dem Lehrerpult. Er redete fast die ganze Mittagspause lang mit Mr Tinkler. Hoffentlich ist Mr Tinkler nicht entlassen worden oder so etwas. Ich habe nämlich das sichere Gefühl, dass er großes Potenzial hat.

Freitag, 9. Januar

16.30 Uhr

Als Mr Tinkler heute in unsere Klasse kam, war er wie ausgewechselt. Er stürmte herein, als wäre der Teufel hinter ihm her. Dann mussten wir uns alle in einer Reihe auf dem Flur aufstellen und schweigend den Klassenraum betreten.

»Gut. Schlagt eure Hefte auf.« Er klang etwas atemlos.

»Tinky Winky«, rief jemand.

»Wer war das?«, fragte er, aber niemand meldete sich. Sein Schnurrbart bebte. »Ich sage es jetzt in aller Deutlichkeit: Ich werde dieses Benehmen nicht länger dulden. Niemals.«

Er fing an, etwas an die Tafel zu schreiben. Ein Junge in der letzten Reihe trank heimlich aus einer Dose. Plötzlich rutschte sie ihm aus der Hand und landete direkt neben dem Platz von Miranda Jones.

Mr Tinkler fuhr herum. Er sah die Dose sofort. »Ist das deine?«, fragte er.

Sie schüttelte den Kopf.

»Wie heißt du?«

Sie nannte ihren Namen – und er zuckte zusammen. Offensichtlich hatte er schon von ihr gehört, wahrscheinlich von einem anderen Lehrer.

»Steh auf«, forderte er sie auf.

»Warum?«

»Tu einfach, was ich dir sage.«

Sie erhob sich sehr langsam. Dann starrte sie ihn an, mit einem leichten, amüsierten Lächeln auf den Lippen.

»Mir reicht's!«, bellte er plötzlich. »Ich habe genug von diesem respektlosen Verhalten. Raus!« Damit hatte niemand gerechnet.

»Ich will dich nach der Stunde sprechen, Miranda Jones.«

»Ich kann's kaum erwarten«, murmelte sie. Dann schlurfte sie zur Tür.

»Möchte ihr irgendjemand Gesellschaft leisten?«, rief er.

Aber das wollte niemand. Die ganze Klasse war jetzt totenstill. Mr Tinkler knallte seine Unterlagen auf das Pult. »Ab sofort werdet ihr mich mit Respekt behandeln«, verkündete er. »Schreibt euch das hinter die Ohren!«

Die restliche Stunde verlief in einer ziemlich angespannten Atmosphäre. Miranda Jones tat mir ein bisschen leid, weil sie Mr Tinklers geballte schlechte Laune abbekommen hatte.

Um die Stimmung ein bisschen aufzulockern, lächelte ich ihm nach der Stunde freundlich zu und fragte: »Haben Sie sich schon etwas eingelebt?«

Er sah ziemlich erschrocken aus. »Es geht so«, murmelte er.

»Die erste Woche ist die schlimmste. Wenn Sie die erst mal hinter sich haben, geht es aufwärts. Viel Spaß noch!« Ich glaube, nach diesem kleinen Gespräch fühlte er sich schon viel besser.

Aber später schrie Miranda Jones quer über den Schulhof: »Du kannst es einfach nicht lassen, oder? Du musst dich bei jedem einzelnen Lehrer an dieser Schule einschleimen!« Sie hatte meine Absicht völlig missverstanden.

Das passiert mir übrigens nicht gerade selten.

18.00 Uhr

Da bin ich wieder. Aber ich will dir nicht noch mehr von der Schule erzählen – es ist Freitagabend, um Himmels willen! Wie wär's mit einer kleinen Führung durch mein Zimmer? Hereinspaziert! Nicht so schüchtern!

Als Erstes fallen dir bestimmt die vielen Flugzeuge auf, die von der Decke baumeln. Außerdem habe ich einen großen Fußball (meine Lieblingssportart), mehrere Ferngläser (ich beobachte für mein Leben gern Vögel) und massenweise Bücher. Die meisten haben mir Oma und ihre Freundinnen geschenkt. Ich lese ungefähr drei Bücher pro Woche. Im Moment lese ich gerade eine Geschichte über Weltherrschaft und Hypnotik. Das Buch heißt *Die drei Geiseln* von John Buchan.

An den Wänden hängen Poster und einige sehr persönliche Fotos. Eins zeigt mich als Baby in den Armen meiner Mutter. Sie starb, als ich sieben Monate alt war, aber auf diesem Bild sieht sie unglaublich schön aus. Ich sehe aus wie ein riesengroßes, gekochtes Ei.

Nach Mums Tod zogen Dad und ich zur Mutter meiner Mutter, meiner Oma. Sie wohnt in Maidenhill, einer kleinen Stadt in Gloucestershire. Oma ist ziemlich rechthaberisch und ihre Zähne klappern immer beim Essen, aber ich habe trotzdem furchtbar gerne bei ihr gelebt. Der einzige Haken war, dass Dad ständig von einem Vorsprechen zum nächsten fahren musste, sodass ich ihn fast nie zu Gesicht bekam.

Trotzdem verbrachte ich viele glückliche Stunden mit Oma und ihren Freundinnen. Im letzten Oktober verkündete Dad, wir könnten es uns nun dank Meister Wisch leisten, näher an London heranzuziehen. Ich freute mich auf unsere eigenen vier Wände, war aber auch traurig, weil wir dann so weit weg von Oma wohnen würden.

Sie hat mir zum Abschied einen Schal gestrickt, den ich jeden Tag trage. Es hängen zwei Fotos von ihr an der Wand. Auf einem weiteren bin ich bei einer Stepptanzeinlage zu sehen. Oma hat mich in diese besondere Kunst eingeführt.

In einer Ecke meines Zimmers steht ein kleiner, wackeliger Schreibtisch. Außerdem gibt es natürlich noch mein schönes, weiches Bett – und das war's auch schon. Wenn ich einen anstrengenden Tag hatte (so wie heute), brauche ich nur mein Zimmer zu betreten, und schon fühle ich mich besser.

Das funktioniert immer.

Samstag, 10. Januar

22.30 Uhr

Dad und ich saßen vorhin nichts ahnend vor dem Fernseher, als auf einmal Meister Wisch auftauchte.

»Das ist neu, das ist toll«, fing er an.

Plötzlich sprang Dad auf. Er zeigte mit einem zitternden Finger auf den Fernsehbildschirm und bekam vor lauter Schreck kein Wort heraus.

Ich wurde ebenfalls von Entsetzen gepackt, als mir etwas Schreckliches auffiel: Meister Wisch sprach mit der Stimme eines anderen Schauspielers!

»Das gibt's doch gar nicht!«, rief Dad. »Sie haben mich ersetzt – und es hat sich nicht mal jemand die Mühe gemacht, mir Bescheid zu sagen! Warte nur, bis ich mit meinem Agenten gesprochen habe!«

4.00 Uhr morgens

Wurde vor ungefähr zwei Stunden von Geräuschen aus dem Erdgeschoss geweckt. Ich fand Dad in der Küche. Seine Haare standen vom Kopf ab und sein Blick war gehetzt. »Hey, ich wollte dich nicht wecken.«

»Manchmal gibt es wichtigere Dinge im Leben als zu schlafen, Dad«, entgegnete ich und bereitete uns ein kleines Nachtmahl zu. Spaghetti mit Schinkenstückchen, eine meiner Spezialitäten. Dann unterhielten wir uns lange.

»Um ehrlich zu sein, Archie«, sagte Dad, »ich hatte noch ein paar Monate mit dem Geld von Meister Wisch gerechnet. Vor allem, weil sich gerade nichts anderes auftut. Ich renne nur von einem Vorsprechen zum nächsten, die Leute sagen nette

Sachen zu mir, machen mir schreckliche Hoffnungen, und dann muss ich zusehen, wie jemand anders genommen wird.«

»Ein paarmal hättest du es fast geschafft«, sagte ich.

Dad machte eine wegwerfende Handbewegung. »Manchmal frage ich mich, ob ich die ganze Sache nicht lieber vergessen und mir einen richtigen Job suchen sollte. Es ist nur ... ich weiß einfach, dass ein guter Schauspieler in mir steckt.«

»Mach den Mund auf und sag ›Aaah‹, dann versuche ich, ihn zu finden«, witzelte ich.

Dad lächelte. »Glaubst du, ich verschwende meine Zeit? Sei ganz ehrlich, Archie, ich kann die Wahrheit vertragen.«

»Auf keinen Fall!«, rief ich. »Du brauchst nur eine faire Chance, damit sich dein Talent entfalten kann. Und dann werden alle so beeindruckt sein, dass du ein Engagement nach dem anderen bekommst. Gib nicht auf, Dad. Der Erfolg lässt bestimmt nicht mehr lange auf sich warten.«

»Du spürst so was, oder?«

»Genau.« (Das tue ich übrigens wirklich.)

»Manche Väter raufen sich wegen ihrer Söhne ständig die Haare«, sagte Dad. »Aber ich brauche mir nie Sorgen zu machen, was die Lehrer über dich sagen werden ... Was habe ich doch für ein Glück!«

Dad und ich sind wirklich nicht das übliche Vater-Sohn-Gespann. Wir sind eher so etwas wie sehr gute Freunde.

Sonntag, 11. Januar

Heute hatte Dad wieder bessere Laune. Nachmittags im Supermarkt war er sogar richtig aufgedreht. Er gab mir genau fünf Minuten, um den Einkaufswagen mit allem zu füllen, was ich wollte. Die Zeit lief ab sofort.

Also rannte ich durch die Gänge, während Dad mit dröhnender Stimme zu zählen begann. Alle starrten uns an. Eine Frau fragte Dad, was los sei.

»Tempo-Shopping!«, rief Dad. »Das ist der neuste Schrei.«

Zu Hause kochte ich einen klebrigen Karamellpudding, den Dad ein »überirdisches Geschmackserlebnis« nannte. Er sagte außerdem, er würde nächsten Samstag mit mir fahren, wohin ich wollte. Ich entschied mich für das Londoner Dungeon, ein unterirdisches Gruselkabinett. Ich war schon mal dort – und es ist immer wieder ein Erlebnis.

Montag, 12. Januar

Dads Agent sagt, die Werbeleute wollten Meister Wisch ein bisschen auffrischen. Dazu gehörte auch eine frische Stimme.

Als Dad heute Abend unterwegs war (mal wieder bei einem Vorsprechen), warf ich alle Gratisprodukte weg, die wir von Meister Wisch bekommen hatten. Jetzt erinnert Dad nichts mehr in unserem Haus an dieses Kapitel seines Lebens.

Dienstag, 13. Januar

In Mr Tinklers Stunde hat ein Mädchen geflüstert, während er etwas an die Tafel schrieb.

»Sei ruhig, Miranda«, sagte er, ohne sich umzudrehen, dabei war Miranda heute gar nicht da! Jemand wollte ihn darauf hinweisen, aber er bellte nur: »Nimm die Hand runter. Ich will nichts hören.« In letzter Zeit scheint sein Gesicht zu einer Maske aus schlechter Laune erstarrt zu sein.

Niemandem macht Mr Tinklers Unterricht Spaß – nicht einmal mir. Aber in Mathe bin ich sowieso ziemlich schlecht.

Trotzdem versuche ich stets, ein paar freundliche Worte mit ihm zu wechseln. Meistens erwähne ich etwas, was ich morgens in der Zeitung gelesen habe. Ich glaube, er weiß meine Ansichten zu schätzen.

In der Mittagspause ist mir mal wieder aufgefallen, wie verdreckt es überall in der Schule ist. Und dann hatte ich einen genialen Geistesblitz. Wie wär's, wenn man jeden Schüler bitten würde, nur fünf Stück Abfall aufzusammeln? So wäre die gesamte Schule in ungefähr dreißig Sekunden komplett müllfrei.

Ich wurde ganz aufgeregt. Genauso wie Mrs Byrne, meine Klassenlehrerin, als ich ihr von der Idee erzählte. Sie sagte, mein Plan könnte unsere gesamte Umwelt verändern. Ich soll ihn morgen in der Schulversammlung vorstellen.

Zweites Kapitel

Mittwoch, 14. Januar

17.00 Uhr

Ich erklärte mein ehrgeiziges Projekt heute in der Schulversammlung und forderte alle auf, um 12.30 Uhr hinter die Schule zu kommen. Dort wurde ich von meinen Mitschülern umringt, die Sachen sagten wie »Ich heb doch nicht den Müll anderer Leute auf!« und »Das sollen gefälligst die Lehrer machen!«.

Gegen halb eins hatte ich ein ziemlich großes Publikum von Schaulustigen um mich geschart – und genau einen Freiwilligen gefunden.

»Bekommen wir dafür einen extra Nachtisch?«, fragte er. Als ich verneinte, machte er sich eilig aus dem Staub.

»Jetzt mal ehrlich!«, rief ich. »Ihr sollt doch nur fünf Stück Abfall aufsammeln!«

Sofort begannen die anderen, mich nachzumachen, und wiederholten: »Ihr sollt doch nur fünf Stück Abfall aufsammeln!«

Da wurde mir klar, dass jedes weitere Gespräch zwecklos war. Also begann ich alleine, einen der großen Abfallkörbe zu füllen. Ich war mir sicher, dass den anderen das Zuschauen bald langweilig werden würde. Aber stattdessen strömten immer mehr Leute herbei.

Ein Junge ließ seine Chipstüte neben mir fallen. »Die hast du vergessen«, sagte er.

Jemand anders kippte netterweise all den Müll, den ich gerade gesammelt hatte, wieder aus. Doch ich reagierte nicht. Ich arbeitete einfach weiter, bis eine riesige Schülerwelle auf mich zurollte, mich in die Luft hob und in den Abfallkorb warf. Ich hab einen ganz schönen Schreck gekriegt.

Ich versuchte, einen Rest Würde zu bewahren – was nicht leicht ist, wenn man aus einem Abfallkorb heraus zu seinem Publikum spricht –, und verkündete: »Okay, ihr habt euren Spaß gehabt.«

Miranda Jones unterbrach mich. »Du bist kein Lehrer!«, rief sie.

»Ich weiß«, sagte ich.

»Warum führst du dich dann immer wie einer auf?«

»Ich will nur eure Lebensqualität verbessern«, erwiderte ich. Aus irgendeinem Grund begannen daraufhin alle schallend zu lachen.

Etwas später tauchte ein Lehrer auf und ich konnte aus dem Abfallkorb klettern und meine Arbeit fortsetzen. Aber die Ereignisse haben mich total durcheinandergebracht. Warum hat meine hervorragende Idee nur so eine Feindseligkeit hervorgerufen?

Bin deswegen ehrlich gesagt ziemlich deprimiert.

19.30 Uhr

Ich muss dir etwas gestehen: Manchmal hab ich es satt, als Einziger reif und erwachsen zu sein. Ich weiß, dass mich einige meiner Mitschüler irgendwann einholen werden. Hoffentlich beeilen sie sich, damit wir anregende Gespräche führen können über ... das Tagesgeschehen, die Romane von John Buchan oder Sir Arthur Conan Doyle, darüber, wie viel Spaß es macht, Vögel zu beobachten, und ... na ja, über so viele andere Dinge. Ich bin nämlich ein hervorragender Gesprächspartner. Außerdem wünschte ich, sie würden aufhören, mich »Streber« zu nennen. Es ist nicht besonders lustig, und ich habe schließlich auch einen richtigen Namen. Aber wenn ich sie bitte, damit aufzuhören, tun sie es erst recht, oder? Es kommt mir so vor, als würden wir in zwei völlig verschiedenen Welten leben.

Donnerstag, 15. Januar

Mr Tinkler hat heute Morgen während der Schulversammlung einen Vortrag über Fotografie gehalten. Das ist offenbar sein großes Hobby. Es war erstaunlich interessant und er wirkte richtig locker. Aber im Matheunterricht war er wieder total gereizt und angespannt.

Nachmittags wurde ich zum Direktor gerufen, einem massigen, weißhaarigen Mann. Sein Büro ist ungefähr so groß wie ein Fußballfeld. Er wollte mir zu meinen gestrigen Bemühungen gratulieren, das Müllproblem an unserer Schule zu lösen. Während er mit mir sprach, goss er seine Blumen. Es waren so viele, dass es aussah, als hätte er einen privaten Urwald.

Wir schwatzten eine halbe Ewigkeit. Ich glaube, er fühlte sich in meiner Gesellschaft ziemlich wohl. Das tun die meisten Erwachsenen. Dann fragte er nach meinen Hobbys. Ganz nebenbei erwähnte ich den Stepptanz, und er wurde richtig aufgeregt. Er stellte sogar seine Gießkanne ab.

Er sagte, das übergreifende Thema unserer Schulversammlungen seien die verborgenen Talente von Lehrern und Schülern. Darum wäre es wunderbar, wenn ich nächsten Dienstag eine kurze Stepptanz-Nummer vorführen könnte.

Ich dachte kurz darüber nach. Ich glaube, meine Mitschüler halten mich für einen ziemlich ernsthaften Menschen. Weil sie meine fröhliche Seite nicht kennen. Außerdem haben mir Omas Freundinnen immer versichert, ich hätte ihnen mit meinen Tanzeinlagen wirklich den Tag verschönert. Und ich verschönere gerne die Tage meiner Mitmenschen – darum habe ich Ja gesagt. Ich hab schon angefangen zu üben. Ich glaube, der nächste Dienstag könnte ein Wendepunkt für mich an dieser Schule werden.

Freitag, 16. Januar

Miranda Jones ist heute wieder aus Tinklers Unterricht geschickt worden. Er sagte, ihre Einstellung gefalle ihm nicht. Sie antwortete, sie fände seine Einstellung auch nicht besonders toll.

Die hat vielleicht Nerven!

Später sagte sie: »Wenn ein Lehrer dich einmal auf dem Kieker hat, dann war's das. Keine Chance, dass er seine Meinung jemals wieder ändert.«

Ich wollte einen etwas hoffnungsvolleren Ton anschlagen.

»Ich glaube nicht, dass er so schlimm ist. Vielleicht solltest du dich einfach mal ganz in Ruhe mit ihm unterhalten …«

»Streber!«, knurrte sie wütend. »Bist du etwa scharf auf eine saftige Ohrfeige?«

»Nein, danke.«

»Dann hör auf, so einen absoluten Obermist zu quatschen, sonst fängst du dir nämlich gleich eine ein.«

Manchen Menschen kann man einfach nicht helfen, oder?!

Samstag, 17. Januar

Heute Vormittag sind Dad und ich zum London Dungeon gefahren. Leider erzählte Dad etwas, das mir den ganzen Ausflug verdarb.

»Du wirst bestimmt lachen«, sagte er. Aber das tat ich nicht. Stattdessen bekam ich eine Heidenangst.

Dad will heute Abend zu einem Treffen für berufstätige Singles gehen. »Ich dachte, ich schau da einfach mal rein und lerne ein paar neue Leute kennen«, sagte er.

Doch mich konnte er nicht zum Narren halten. Er will eine Frau finden, mit der er ausgehen kann, stimmt's? Ich weiß über so etwas Bescheid.

Aber Dad ist fast vierunddreißig und sollte diese ganze Angelegenheit eigentlich schon vor Jahren zu den Akten gelegt haben.

Wenn du mich fragst, ist Meister Wisch an allem schuld. Dad ist immer noch ziemlich verzweifelt, weil er die Rolle verloren hat. Darum ist er gerade nicht ganz zurechnungsfähig.

Und ich habe keine Ahnung, was ich machen soll.

Sonntag, 18. Januar

15.30 Uhr

Du errätst nie, was gestern passiert ist! Dad hat bei diesem Singleabend eine Frau kennengelernt. Sie heißt Catherine und kennt eine unserer Nachbarinnen, die sie zufälligerweise heute Nachmittag besucht. Und Dad hat ihr vorgeschlagen, »hinterher doch noch kurz bei uns vorbeizuschauen«.

Er wollte wissen, ob ich etwas dagegen hätte. Was sollte ich da schon sagen? Ich würde ihm nie verbieten, seine Freunde einzuladen. Aber ich bin trotzdem der Meinung, dass diese ganze Unternehmung ziemlich unklug ist.

Bis später!

21.00 Uhr

Um vier Uhr machte ich ein paar Käse-Dips und stellte zwei Schälchen mit Erdnüssen ins Wohnzimmer. Währenddessen zündete Dad ein Feuer im Kamin an. Er meinte, das würde die Atmosphäre etwas anheizen. Auf jeden Fall heizte es die Temperatur im Wohnzimmer an.

»Es soll alles ganz ungezwungen ablaufen«, sagte er, während er in einem Hemd mit Krawatte und seiner schicken Hose vor sich hin schwitzte. Als es an der Tür klingelte, zuckte er zusammen. »Könntest du vielleicht aufmachen, Archie? Ich brauche noch einen Moment, um mich zu sammeln. Ich bin ein bisschen aus der Übung, was diese Dinge betrifft.«

Also öffnete ich die Tür. »Guten Abend ... ich meine ... guten Tag«, sagte ich und merkte, wie ich nervös wurde. Sie war jünger, als ich erwartet hatte. »Ich bin Archie«, erklärte ich, »der Sohn des Mannes, den Sie besuchen wollen.«

»Oh, hallo«, sagte sie. Sie schien auch nervös zu sein. »Ich bin Catherine.« Es gefiel mir, dass sie sich gleich mit ihrem Vornamen vorstellte.

Dann erinnerte ich mich daran, was Oma immer zu ihren Gästen sagt, damit sie sich gleich wie zu Hause fühlen. »Geben Sie mir Ihren Mantel, sonst frieren Sie nachher, wenn Sie wieder gehen.«

Sie reichte mir ihren Mantel, und ich legte ihn über meinen Arm, so wie ich es die Butler in Filmen hatte tun sehen. »Ich hoffe, dass es Ihnen heute Nachmittag bei uns gefallen wird, Catherine«, sagte ich höfflich. »Wenn Sie Tee, Kaffee oder heiße Schokolade wünschen, stehe ich jederzeit gerne zu Ihrer Verfügung.«

Im Wohnzimmer kriegte man fast einen Hitzschlag. Dad kam auf uns zu. Er hatte dieses übertriebene Lächeln im Gesicht, das einen ziemlich erschrecken kann, wenn man es noch nicht kennt. »Catherine, wie schön, Sie zu sehen. Bitte entschuldigen Sie die Unordnung, aber wir sind ein reiner Männerhaushalt.«

»Ach was, es ist doch sehr nett«, sagte sie. Sie sah sich um, während Dad und ich immer noch grinsend vor ihr standen. Ihr Blick blieb an den gerahmten Bildern an der Wand hängen (die übrigens alle von mir aufgehängt wurden).

»Ich wusste gar nicht, dass Sie auch bei *Schule am See* mitgespielt haben!«, rief sie aufgeregt. »Wer waren Sie?«

»Derjenige, der immer im Hintergrund herumstand«, antwortete Dad. »Ich hatte nicht viel Text, aber ich gehörte ganze drei Jahre zur Stammbesetzung.«

»Und das ist ein Bild von Ihnen in *Die Unfallstation*?«

»Ganz genau. Ich hatte Lepra oder grauen Star oder so etwas … aber wen interessiert das schon?« Er lachte.

»In Wirklichkeit war er ziemlich gut«, sagte ich.

»Mein größter Fan … genau genommen mein einziger.« Dad lachte wieder übertrieben fröhlich.

Als ich sie allein ließ, sah Catherine immer noch ziemlich angespannt aus. Aber ich war mir sicher, dass sie etwas lockerer werden würde, sobald sie meine Käse-Dips gekostet hatte.

Doch stattdessen ging sie kurze Zeit später.

»Sie ist nicht besonders lange geblieben«, sagte ich. »Vielleicht hatte sie Angst, in der Hitze wegzuschmelzen.«

Dad lächelte. »Ich bin beinahe zusammengebrochen. Ich wusste, dass ich nur dummes Zeug von mir gebe. Es war schlimmer als das schlechteste Vorsprechen, das ich je hatte.«

Später lachten Dad und ich gemeinsam über die ganze Sache, so wie es zwei gute Freunde eben tun. Ich glaube, er hat jetzt gemerkt, dass er zu alt ist, um sich mit Frauen zu treffen. Aber das macht nichts, denn ich werde ihn nie im Stich lassen. Ich werde immer bei ihm sein.

Montag, 19. Januar

Heute gab es einen großen Aufstand in der Schule!

Wir warteten alle in einer Reihe vor dem Matheraum, als Miranda Jones verkündete, wir sollten uns so lange weigern hineinzugehen, bis Mr Tinkler uns endlich wie menschliche Wesen behandelt. Sie sagte, es sei an der Zeit, uns zu wehren.

Als Mr Tinkler die Tür öffnete und »Reinkommen!« bellte, bewegte sich niemand. Nicht einmal ich. Man könnte sagen, ich war vorübergehend von Miranda Jones' einnehmender Persönlichkeit hypnotisiert.

Mr Tinklers Kopf tauchte noch einmal im Türrahmen auf. »Welchen Teil meiner Anweisung habt ihr nicht verstanden? IHR SOLLT REINKOMMEN!« Die letzten drei Worte brüllte er, dann verschwand er wieder.

Allmählich gewann meine große Reife wieder die Oberhand. »Es tut mir leid, aber wir können nicht länger draußen im Flur stehen bleiben«, sagte ich.

»Oh doch, das können wir«, knurrte Miranda Jones. »Und wir werden erst hineingehen, wenn Mr Tinkler uns anständig behandelt.«

»Er wird nur noch wütender werden als sonst«, erwiderte ich. Dann ging ich mit einem gewissen Bedauern, aber dennoch entschlossen auf den Klassenraum zu. Ich wurde mit Schimpfwörtern bombardiert – die schlimmsten kamen von Miranda Jones. Kurz vor der Tür schoss plötzlich ein Fuß nach vorn und ich fiel hin.

Mr Tinkler machte ein leicht verwirrtes Gesicht, als ich in den Klassenraum stolperte.

»Guten Morgen«, sagte ich und rappelte mich schnell hoch, um mit Mr Tinkler wieder auf Augenhöhe zu sein.

»Wo sind die anderen?«, bellte er.

»Nun ja, um ganz ehrlich zu sein«, sagte ich und versuchte, ihm die Neuigkeit so schonend wie möglich beizubringen, »sie werden uns nicht so bald Gesellschaft leisten.«

Mr Tinkler starrte mich an. »Was?«

»Ich fürchte, es ist eine Protestaktion.« In dem Versuch, Frieden zu stiften, fügte ich hinzu: »Ich will wirklich nicht unverschämt sein, aber wenn Sie ein bisschen höflicher zu allen sein könnten, hin und wieder Bitte und Danke sagen würden und …«

Mr Tinklers Gesicht nahm einen sehr beunruhigenden roten Farbton an. Um seine (und meine) Gesundheit nicht zu gefährden, hörte ich an dieser Stelle lieber auf.

Nachdem er sich kräftig geräuspert hatte, schritt er zur Tür und brüllte: »Ihr habt zwei Möglichkeiten. Entweder fangen wir jetzt sofort mit dem Unterricht an oder ihr marschiert alle direkt zum Büro des Direktors. Was ist euch lieber?«

Seine Stimme war so laut, dass sogar die Stühle erzitterten, und ich war nicht sonderlich überrascht, als wenig später die ersten Schüler hereinschlurften. Schließlich befand sich nur noch eine Person draußen: Miranda Jones. Dann rauschte auch sie herein, mit hochgestelltem Kragen und trotzig aufgeblähten Nasenlöchern. Alle anderen hingegen machten ziemlich niedergeschmetterte Gesichter.

Mr Tinkler knallte das Klassenbuch auf den Tisch. Genau wie ich es befürchtet hatte, war seine Laune durch Miranda Jones' Protestaktion nur noch schlechter geworden. »Ihr habt zehn Minuten meiner Zeit verschwendet, also werde ich morgen eine Stunde eurer Zeit verschwenden. Nachsitzen für die ganze Klasse, abgesehen von dir, Archie.«

Das trug nicht gerade dazu bei, meine Beliebtheit zu steigern. Mein neuer Spitzname für den Rest des Tages war »Streikbrecher«. Wenigstens war das mal etwas anderes als »Streber«. Außerdem wurde ich mit Bleistiften gepikt und irgendwer hat sogar meinen Schal gestohlen. (Zu meiner großen Überraschung war es ausgerechnet Miranda Jones, die dafür sorgte, dass ich ihn zurückbekam.)

Aber warte nur, bis mich die anderen morgen steppen sehen. Ich habe jeden Abend geübt. Und wenn ich das so sagen darf, auf meine Mitschüler wartet ein wahrer Hochgenuss.

Dienstag, 20. Januar

Während der Schulversammlung heute Vormittag stieg ich vor allen Schülern meiner Jahrgangsstufe auf die Bühne. Über das laute Klopfen meines Herzens hinweg erklärte ich kurz, dass es meine Oma war, die mich in die wundervolle Welt des Tanzes eingeführt hatte, und dass ich seit meinem vierten Lebensjahr steppe. Die anderen hörten zu und schwiegen verblüfft. Ich glaube nicht, dass sie von dieser Seite meiner Persönlichkeit auch nur das Geringste geahnt hatten.

»Und jetzt möchte ich euch etwas vortanzen«, sagte ich. Ich machte die Musik an (*Glückliche Füße*) und die Vorstellung begann. Ich tanzte mit sehr viel Energie – nun ja, zumindest am Anfang. Aber bald konnte ich hören, wie meine Mitschüler flüsterten und kicherten. Dann rief jemand: »Aufhören!«

Ich war entschlossen, mich nicht aus dem Konzept bringen zu lassen, und hoffte, meine Mitschüler durch meine Kunstfertigkeit schließlich doch noch für mich einnehmen zu können. Stattdessen flog ein großes Sandwich auf die Bühne. Es verfehlte mich nur knapp. Weitere Gegenstände sausten in meine Richtung, bis einer der vorne sitzenden Lehrer aufsprang und mich aus der Gefahrenzone brachte. Er hielt allen eine ordentliche Strafpredigt über ihr fürchterliches Benehmen, während ich in meinen Steppschuhen einfach nur dastand und mich fast zu Tode schämte.

Hinterher musste ich mir eine Menge kindischer Fragen anhören wie »Du gehst also gerne mit deiner Oma zum Stepptanz, was?«. Sie hielten sich alle für so wahnsinnig witzig. Aber ich werde nie wieder für sie tanzen. Also sind eigentlich die anderen die Verlierer, oder?

COOL!
Eine Antwort von Tante Prue

Liebe Unruhestifterin!

Was Du wegen des Strebers in Deiner Klasse tun sollst, über den Du Dich so ärgerst? Gar nichts!
Es ist nicht seine Schuld, dass er Dir gegen den Strich geht. Du musst versuchen, Deine Gefühle ihm gegenüber zu überwinden und nett zu ihm zu sein.
Ich sage nicht, dass es leicht sein wird, aber auf lange Sicht ist es die Mühe wert. Man kann nie wissen, vielleicht entdeckst Du eines Tages sogar, dass er trotz allem ein ziemlich interessanter Mensch ist.
Komm schon, gib ihm eine Chance!
Mit freundlichen Grüßen,

Tante Prue

MIRANDA JONES

Tante Prue
Kummerkasten-Seite
COOL!
Williams Terrace
London

Dienstag, 20. Januar

Hallo, Tante Prue,

es gibt Dich also wirklich! Du beantwortest tatsächlich Deine Briefe – und was für eine schwungvolle Unterschrift Du hast!

Aber auch auf die Gefahr hin, undankbar zu klingen: Der Rat, den Du mir gegeben hast, war echt das Letzte. All dieses Geschwafel darüber, dass Archie eigentlich ziemlich interessant sei. Er ist ungefähr so interessant wie ein ausgelutschtes Bonbon.

Und seit meinem letzten Brief ist er sogar noch schlimmer geworden.

Da ist zum Beispiel dieser neue Lehrer an unserer Schule, Tinkler. Er hat eine rote Fußballerfrisur, spitze, gelbe Zähne, sein Atem stinkt nach Käse und Zwiebeln und er benimmt sich wie ein Affe. Einfach schrecklich. Und was das Schlimmste ist: Er hackt ohne

Grund auf irgendwelchen Leuten herum – vor allem auf mir.

Darum habe ich eine Protestaktion organisiert. Wir haben uns alle geweigert, seine Folterkammer zu betreten, bevor er uns nicht besser behandelt. Und es lief hervorragend, bis Du-weißt-schon-wer einfach den Streik gebrochen hat. Wenn er sich mal fünf Minuten lang nicht bei einem Lehrer einschleimt, platzt er wahrscheinlich. Die ganze Protestaktion ist nur seinetwegen gescheitert.

Und um das Maß vollzumachen, hat er heute in der Schulversammlung auch noch angefangen, zu irgendeinem uralten Lied auf der Bühne herumzuhüpfen. Es war nicht zu übersehen, dass er sich selbst total toll fand. Die Lehrer starrten ihn natürlich mit Begeisterung auf ihren faltigen Gesichtern an, aber für alle anderen war es einfach unerträglich.

Schließlich wurden als kleiner Akt des Protests einige Gegenstände auf die Bühne geworfen. Woraufhin ein Lehrer seine alten Knochen erhob und verkündete, Archie hätte eine solche Behandlung nicht verdient. Wenn ich ganz ehrlich sein soll, hatte er das auch nicht. Für diese schreckliche Zumutung hätte er einen ordentlichen Tritt in den Hintern verdient.

Die anderen rächen sich jetzt an ihm, indem sie zum Beispiel seinen Schal stehlen. Das finde ich allerdings ein bisschen kleinkariert. Es muss doch einen besseren Weg geben, um Archie sein Fehlverhalten vor Augen zu führen.

Aber welchen?
Los, Tante Prue, schick mir ein paar Ideen!
Deine immer verzweifelter werdende

Miranda (Deckname: Unruhestifterin)

Drittes Kapitel

Mittwoch, 21. Januar

Du wirst es nicht glauben, aber Dad hat am Freitag schon wieder eine Verabredung. Eine Frau, die er kurz bei diesem Singleabend getroffen hat, hat sich von irgendwem seine Telefonnummer besorgt und ihn angerufen. Sie heißt Cheryl und scheint mir ausgesprochen aufdringlich zu sein. Aber Dad platzt fast vor Begeisterung und will sich mit ihr auf einen Drink treffen.

Ich mache mir Sorgen um ihn.

Donnerstag, 22. Januar

Habe Oma von Dads Verabredung am Freitag erzählt. Sie war sehr interessiert.

»Dein Vater ist in einem schwierigen Alter, Archie«, sagte sie.

»Tatsächlich? Das wusste ich nicht«, erwiderte ich. »Und wie lange dauert dieses schwierige Alter?«

Ich glaube, Oma sagte »Den Rest seines Lebens«, aber ich bin mir nicht sicher, weil sie es nur leise vor sich hin murmelte. Dann fügte sie hinzu: »Es bleibt uns wohl nichts anderes übrig, als Geduld mit ihm zu haben, nicht wahr?«

Freitag, 23. Januar

Gerade kam Dad von seiner Verabredung mit Cheryl zurück. Er hat nicht viel gesagt, was wahrscheinlich bedeutet, dass es mal wieder ein kompletter Reinfall war. Aber ich habe ihn nicht mit Fragen genervt, sondern ihn in Ruhe gelassen. Ich bin der Meinung, dass man auch Eltern eine gewisse Privatsphäre zugestehen sollte.

Sonntag, 25. Januar

Dad hat sich heute schon wieder mit dieser Cheryl getroffen. Er hatte Kinokarten gekauft, aber dann sind sie gar nicht hingegangen. Sie waren zu sehr damit beschäftigt, in irgendeinem Weinlokal miteinander zu flirten. Wenn das keine Geldverschwendung ist!

Montag, 26. Januar

Heute spricht Dad für eine neue Soap im Satellitenfernsehen vor. Sie heißt *Rivalen*. Ich habe ihm gesagt, ich hätte das Gefühl, diesmal könnte es klappen. Vielleicht schafft er jetzt endlich den Durchbruch.

Mittwoch, 28. Januar

Dad meint, sie hätten sich inzwischen gemeldet, wenn er die Rolle bekommen hätte. Wir sind beide sehr enttäuscht.

Donnerstag, 29. Januar

Habe soeben eine wichtige Entscheidung getroffen und wollte, dass du als Erster davon erfährst. Ich habe über die Schule nachgedacht, und mir ist klar geworden, dass ich einfach nicht dorthin passe. So wie sich manche Schüler nicht einfügen können, weil sie besonders begabt sind. Ich habe wegen meiner großen Reife ein ähnliches Problem.

Es gibt nur eine Lösung: Ich werde die Schule verlassen und zu Hause Unterricht nehmen. Natürlich weiß ich, dass das Geld bei uns gerade ziemlich knapp ist. Aber es muss ja niemand sein, der besonders teuer ist. Jede halbwegs intelligente Person würde infrage kommen. Wenn meine Mitschüler reifer geworden sind, kehre ich natürlich an die Schule zurück.

Ich muss nur noch den richtigen Moment abwarten, um Dad von meinem Plan zu erzählen. Aber ich bin mir sicher, dass er einverstanden ist.

Donnerstag, 5. Februar

18.00 Uhr

Ja, ich weiß, es ist schon eine Weile her. Genau genommen ist eine ganze Woche vergangen, seit ich zum letzten Mal etwas geschrieben habe. Aber ich wollte warten, bis ich wirklich gute Nachrichten für dich habe. Und jetzt ist es endlich so weit.

DAD HAT EINE ROLLE IN *RIVALEN*! Nicht die, für die er vorgesprochen hat – es ist eine ganz andere. Aber wen interessiert das schon? Endlich ist Dad auf der Straße zum Ruhm. Sind das nicht TOLLE NEUIGKEITEN?

Dad hat eine Flasche Wein geöffnet und ich durfte auch einen Schluck trinken. Wir stießen auf Mum an.

»Ich wünschte, sie wüsste davon«, sagte Dad.

»Vielleicht weiß sie es ja«, erwiderte ich.

Eine Träne kullerte über Dads Wange, aber ich tat so, als hätte ich es nicht bemerkt. Jetzt essen wir ein kleines Festmahl.

19.00 Uhr

Beim Essen erzählte mir Dad, dass Cheryl heute Abend vielleicht vorbeischauen würde. »Sie hat sich so gefreut, als ich ihr von der Rolle erzählt habe.«

Ich habe keine Ahnung, warum. Dad kennt sie schließlich erst seit fünf Minuten, verdammt noch mal!

21.45 Uhr

Um acht Uhr stellte ich gerade die leeren Milchflaschen vor die Tür, als plötzlich eine Gestalt aus dem Nebel auftauchte. Es war Cheryl.

»Du musst Archie sein«, sagte sie und streckte mir die Hand hin.

Dann stürmte sie ins Haus und gab Dad einen langen, schlabberigen Kuss. Ich schätze, sie sieht nicht schlecht aus. Sie hat ziemlich schönes Haar (lang und blond) und ein Lächeln, das auf ihrem Gesicht festgeklebt zu sein scheint. Ich wünschte nur, sie würde nicht so nach Parfüm stinken.

Sie schwirrte gleich quer durch das ganze Haus und schaute in alle Zimmer (ja, auch in meins), was ich ziemlich unhöflich fand.

Trotz meiner bösen Ahnungen versuchte ich, ein guter Gastgeber zu sein und sie in ein höfliches Gespräch zu verwickeln. Sie war ziemlich offen. Sie erzählte mir, sie und ihr Mann hätten sich getrennt. Darum musste sie mit ihrer Tochter Eliza ihr Haus verlassen und in ein wesentlich kleineres Haus ziehen. Sie tat mir beinahe leid.

Aber dann rannte sie in die Küche und nahm unseren Haushaltsplan unter die Lupe. Dort liste ich alle Arbeiten auf, die Dad und ich täglich zu erledigen haben.

»Also, wer muss denn morgen das Klo putzen?«, fragte sie und zwinkerte Dad zu.

Hinterher fragte Dad: »Ist sie nicht toll?«

»Ich schätze ja«, antwortete ich leise.

22.15 Uhr

Mir ist gerade eingefallen, dass wir morgen keine Schuluniform tragen müssen. Kleidung ist mir völlig unwichtig. Meine Gedanken kreisen normalerweise um wesentlich wichtigere Dinge. Aber die anderen machen bestimmt abfällige Bemerkungen, wenn ich in meinem alten blauen Pullover und der braunen Hose auftauche. Also ziehe ich lieber meine normalen Schulsachen an. Ich wette, ich bin der Einzige, der morgen in Uniform kommt.

MIRANDA JONES

Tante Prue
Kummerkasten-Seite
COOL!
Williams Terrace
London

Donnerstag, 5. Februar

Hallo, Tante Prue,

Du brauchst Dir nicht mehr den Kopf zu zerbrechen, um eine Lösung für mein Problem (nämlich Archie) zu finden, denn mir ist inzwischen selbst eine eingefallen.

Ich unterhielt mich gerade mit den anderen darüber, dass wir morgen in der Schule keine Schuluniform tragen müssen, und jemand überlegte, was Archie wohl anziehen würde. Genau in diesem Moment traten meine Gehirnzellen in Aktion.

Das ist der Plan: Zwei Jungs und ich werden als Archie verkleidet in die Schule kommen. Wir werden nicht nur ähnliche Klamotten tragen wie er, sondern auch seine unzähligen nervigen Angewohnheiten einen ganzen Tag lang nachmachen. Auf diese Weise wird Archie selbst merken, wie blöd und ätzend er ist – und sofort anfangen, sich zu ändern.

Du musst zugeben, Tante Prue, dass mein Plan besser ist als Dein Vorschlag. Aber sei bitte nicht zu deprimiert. Immerhin hast Du es versucht.

Du brauchst mir nicht zu antworten, denn jetzt sind all meine Probleme gelöst – obwohl ich mich trotzdem sehr über einen Brief von Dir freuen würde.

Viel Glück und so,

Miranda (Deckname: Unruhestifterin)

Viertes Kapitel

Freitag, 6. Februar

Das war ohne Zweifel der merkwürdigste Tag meines ganzen bisherigen Lebens.

Ich dachte, ich wäre heute der Einzige, der in Uniform zur Schule kommt. Aber ich hatte falsch gedacht. Kaum war ich angekommen, sah ich Andy Bailey und Craig Stevens in kompletter Schuluniform. Sie trugen außerdem lange Schals und hatten Zeitungen unter dem Arm. Ziemlich neugierig geworden, folgte ich ihnen zu Mrs Byrnes Klassenraum. Ich hörte Andy Bailey rufen: »Guten Morgen, Mrs Byrnes, gibt es irgendetwas zu tun, bevor der Unterricht anfängt?« Seine Stimme klang anders als sonst: Aus irgendeinem Grund sprach er sehr langsam.

Dann kam eine dritte Person gemessenen Schrittes auf die anderen zu – Miranda Jones. Zu meinem großen Erstaunen trug sie ebenfalls Schuluniform und Schal. Sie winkte den Jungs mit einem Regenschirm zu. »Ihr habt euren Schirm vergessen.«

Plötzlich wurde mein Gesicht knallrot vor Schreck und Verlegenheit. Ich wusste, was sie taten – sie hatten sich so ausstaffiert wie ich. Dann entdeckten sie mich, und Andy Bailey rief: »Da ist ja unser Chef! «

Ich wusste nicht, was ich sagen sollte, darum fragte ich nur: »Was genau macht ihr da?«

»Wir wollen einen Tag lang Streber sein!«, rief Miranda.

Niemanden im Klassenraum überraschte es, dass die drei so angezogen waren wie ich – abgesehen von Mrs Byrne. »Warum tragt ihr eure Schuluniform?«, fragte sie.

»Weil wir sie von allen Kleidungsstücken auf der ganzen Welt am liebsten anziehen«, antwortete Miranda mit langsamer, schleppender Stimme (die übrigens überhaupt nicht so klingt wie meine). »Mrs Byrne, darf ich Ihnen eine Frage stellen?«, fuhr sie fort.

»Ja.«

»Waren Sie schon immer so eine tolle Lehrerin oder sind Sie früher nicht ganz so toll gewesen?«

»Ich merke es durchaus, wenn mich jemand auf den Arm nimmt«, erwiderte Mrs Byrne.

Andy Bailey sprang auf. »Darf ich allen etwas vortanzen? Bitte, bitte, sagen Sie Ja!«

Er begann mit den Füßen zu stampfen und rief dabei: »Ich gehe jeden Freitag mit meiner Oma zum Seniorenabend. Sie ist ein echt heißer Feger …«

»Okay, Andy«, unterbrach ihn Mrs Byrne. »Es reicht jetzt.«

Alle lachten wie wild gewordene Hyänen und Mrs Byrne warf mir einen ängstlichen Blick zu. Ich grinste zurück, um ihr zu zeigen, dass ich Spaß vertragen konnte.

»Schade, dass ihr drei nicht jeden Tag so ordentlich gekleidet zur Schule kommt«, fuhr sie fort. »Hast du in deinem ganzen Leben schon einmal den obersten Knopf deiner Bluse zugemacht, Miranda?«

»Aber ich mache doch jeden Morgen den Knopf zu, Mrs Byrne«, rief Miranda Jones. »Mein äußeres Erscheinungsbild ist mein ganzer Stolz. Ich wollte Ihnen außerdem für diese wunderbare Anwesenheitskontrolle danken. Wie Sie unsere Namen vorgelesen haben, mit Ihrer klaren und glockenhellen Stimme … Bitte nehmen Sie das hier als Zeichen meiner Wertschätzung an.«

Sie sprang auf und legte einen großen Apfel auf das Lehrerpult.

»Hör auf damit«, sagte Mrs Byrne und lachte. »Mach, dass du wegkommst!«

Mr Tinkler fand die ganze Angelegenheit längst nicht so komisch. Vor allem, als Miranda sich meldete und fragte: »Darf ich für Sie die Fenster putzen, die Tafel wischen oder Ihnen die Füße küssen?«

»Noch so eine Unverschämtheit, und du kannst den Rest der Stunde draußen verbringen«, sagte er.

»Aber Mr Tinkler, ich würde doch nie unhöflich zu Ihnen sein. Ich habe Ihnen nur meine Hilfe angeboten. Denn ich lebe dafür, Lehrern zu helfen.«

Als es zur Pause klingelte, stöhnte Miranda laut auf. »Oh nein, die Stunde kann doch nicht schon vorbei sein. Dürfen wir noch etwas länger bleiben? Wir würden Ihnen viel lieber weiter zuhören, Mr Tinkler, als in die blöde, langweilige Pause zu gehen, stimmt's?« Ihre Komplizen grölten zustimmend.

»Ich finde euer Gekasper nicht im Geringsten lustig«, sagte Mr Tinkler. Aber alle anderen taten es. Sie bogen sich vor Lachen, als die drei das leichte Hüsteln imitierten, das ich mache, bevor ich zum Sprechen ansetze, und als sie meinen Gang nachahmten (ich neige dazu, die Hände auf dem Rücken zu verschränken). Sie kopierten sogar die Art und Weise, wie ich vor jeder Stunde immer alle meine Stifte auf den Tisch lege.

Mittags esse ich meine Brote normalerweise allein – aber heute quetschten sich meine drei Doppelgänger mit an meinen Tisch.

»Schmiert deine Oma die Brote für dich?«, fragte Craig Stevens.

»Und legt sie etwas Süßes dazu, wenn du ein besonders lieber Junge warst?«, fragte Andy Bailey. Ohne eine Antwort abzuwarten, zeigte er auf seinen obersten Hemdknopf und machte laute, würgende Geräusche. »Ich weiß nicht, wie du das jeden Tag aushältst.«

»Wie lange wollt ihr damit weitermachen?«, fragte ich.

»Du musst das nur heute ertragen«, sagte Miranda. »Wir hingegen müssen dich jeden Tag ertragen.«

Ich lachte nervös. Sogar wenn Miranda einen Witz macht – und das war sicherlich einer –, kann sie dabei ziemlich verbissen aussehen.

Am Ende des Schultages fragte mich Mrs Byrne: »Du nimmst deinen Mitschülern diese kleine Komödie doch nicht übel, oder?«

»Nein, natürlich nicht«, antwortete ich schnell.

»Guter Junge«, sagte sie und fügte hinzu: »Weißt du, Nachahmung ist die aufrichtigste Form des Kompliments.«

Ich schätze, das war ein ziemlich merkwürdiges Kompliment. Und warum haben sie ausgerechnet mich nachgemacht? Abgesehen von meiner enormen Reife bin ich nichts Besonderes. Was sollte das Ganze also?

Es muss eins von ihren dummen Spielchen gewesen sein …

Samstag, 7. Februar

Cheryl war gerade wieder hier. Ich versuchte, eine Diskussion über das spannende Thema Klimawandel anzufangen. Sie sah mich merkwürdig an, während ich sprach. Und hinterher murmelte sie: »Du hörst dich ziemlich gern reden, was?« Dabei wollte ich nur ein interessantes Gespräch in Gang bringen. Ich fürchte, meine Bemühungen sind auf taube Ohren gestoßen.

Habe noch einmal darüber nachgedacht, warum die anderen mich imitiert haben. Bin zu dem Schluss gekommen, dass das Ganze wahrscheinlich nur ein witziger Streich sein sollte. Nun, ich habe ihnen gezeigt, dass ich auch Spaß verstehe und nicht die beleidigte Leberwurst spiele ..., oder?

Sonntag, 8. Februar

Cheryl ist heute schon wieder aufgetaucht. Aber diesmal blieb ich in meinem Zimmer. Ich glaube nicht, dass sie mich vermisst hat. Und ich hab sie auch nicht vermisst.

Der Montag rückt drohend näher, aber ausnahmsweise freue ich mich fast auf die Schule.

Man könnte sagen, dass diese Imitation am Freitag auf eine gewisse Weise so etwas wie eine Anerkennung war. Und das zeigt, dass meine Mitschüler mich respektieren – und vielleicht sogar ein bisschen mögen.

Montag, 9. Februar

Was für ein Tag!

Ich würde dir gerne mehr erzählen, aber ich bin total geschafft.

Dienstag, 10. Februar

Ein weiterer großartiger Tag. Das Dumme ist nur, dass ich beim Schreiben fast einschlafe. Tut mir leid.

Mittwoch, 11. Februar

Heute war es sogar noch besser als gestern. Meine Hände zittern immer noch vor Aufregung. Es ist alles so wahnsinnig spannend!

COOL!
Der Brief der Woche

DER NERVIGSTE STREBER AUF DEM ANTLITZ DIESES PLANETEN

Liebe Tante Prue,

letztes Jahr im Oktober nahm mein Leben eine tragische Wendung. Und zwar in dem Moment, als dieser Junge zum ersten Mal an meiner Schule auftauchte. Er hielt einen Regenschirm unter dem einen Arm, eine Zeitung unter dem anderen und trug einen scheußlichen grauen Schal mit Bommeln um den Hals.

Am Ende des ersten Tages hatten wir ihn alle schon gründlich satt. Vor allem die Art und Weise, wie er seine Nase in alles hineinstecken musste. Wenn er uns nicht gerade sagte, was wir zu tun hatten, wies er uns zurecht.

Außerdem ist er der größte Schleimer, den die Welt je gesehen hat. Er sagt sogar den Lehrern Bescheid, wenn sie vergessen haben, uns Hausaufgaben aufzugeben.

Er ist zweifellos der nervigste Streber auf dem Antlitz dieses Planeten. Und ich ertrage das nicht länger. Also, was soll ich tun? Wenn Du nicht schnell antwortest, habe ich ihn vielleicht schon umgebracht.

Unterzeichnet,
Unruhestifterin

TANTE PRUE RÄT:

Was Du wegen des Strebers in Deiner Klasse tun sollst, über den Du Dich so ärgerst? Gar nichts!

Es ist nicht seine Schuld, dass er Dir gegen den Strich geht. Du musst versuchen, Deine Gefühle ihm gegenüber zu überwinden und nett zu ihm zu sein.

Ich sage nicht, dass es leicht sein wird, aber auf lange Sicht ist es die Mühe wert. Man kann nie wissen, vielleicht entdeckst Du eines Tages sogar, dass er trotz allem ein ziemlich interessanter Mensch ist.

Komm schon, gib ihm eine Chance!

MIRANDA JONES

Tante Prue
Kummerkasten-Seite
COOL!
Williams Terrace
London

Mittwoch, 11. Februar

Hallo, Tante Prue,

ja, ich bin es wieder – Deine Lieblings-Brieffreundin. Ha, ha, ha. Ich schreibe Dir, weil etwas Schreckliches passiert ist – und das ist hauptsächlich Deine Schuld.

Doch zuerst einmal erinnerst Du Dich bestimmt noch an meinen Plan, der Archie dazu bringen sollte, weniger ätzend zu sein. Tja, leider hat dieses Spatzenhirn die Sache völlig falsch verstanden. Er dachte, es sei eine Art Anerkennung, dass wir ihn nachgemacht haben! Montagvormittag sprang er fröhlich in der Schule herum und war der Meinung, alle würden ihn total toll finden. Aber es wartete ein riesengroßer Schock auf ihn – dank Dir.

Ich hätte nie gedacht, dass Du tatsächlich einen Teil meines Briefes veröffentlichen würdest, Tante Prue. Besonders, weil es in allen Briefen, die normalerweise abgedruckt werden, um Nagellack, das Küssen von Jungs oder andere langweilige Dinge geht. Ein Mädchen aus meiner Klasse hat den Brief entdeckt. Sie ist schnell dahintergekommen, dass Archie gemeint war und ich den Brief geschrieben habe.

In null Komma nichts war die Sache das Schulgespräch Nummer eins. Die Leute haben sich beinahe totgelacht. Und sie wollten unbedingt Archie den Brief zeigen. »Dann merkt er endlich, wie nervig er ist«, sagten sie.

»Ja«, sagte ich. »Aber ich finde, er sollte dabei nicht einem riesigen Pulk von Leuten gegenüberstehen. Das ist zu heftig – sogar für ihn.«

Die anderen gaben mir recht und rannten dann trotzdem zu Archie. Sie umringten ihn auf dem Flur und ein Mädchen hielt ihm die Kummerkasten-Seite unter die Nase. »Lies das«, befahl sie. Sechzig Augenpaare beobachteten ihn, während er genau das tat.

Als er fertig war, fragte er verblüfft: »Dann bin ich also das Problem der Woche?«

Ich hätte am liebsten geantwortet: »Nein, du bist das Problem des Jahres, Kumpel.« Aber ich brauchte nichts zu sagen. Er sah mich direkt an. Irgendwie wusste er sofort, dass ich diesen Brief geschrieben hatte. Dann wankte er davon, ohne ein weiteres Wort zu sagen.

Wenn mir in diesem Moment jemand Gift gegeben hätte, ich hätte es hinuntergeschüttet und meine letzten Sekunden gezählt.

Ich fühlte mich einfach furchtbar.

Nun hüpft Archie nicht mehr in der Schule herum – was gut ist. Stattdessen schleppt er sich von einer Stunde zur nächsten, ohne mit jemandem zu reden (nicht einmal mit den Lehrern), und macht einen total verwirrten Eindruck. Ich sag's Dir, jetzt nervt er sogar noch mehr als vorher.

Währenddessen fühle ich mich schrecklich schuldig – und ich hasse dieses Gefühl. Nicht, dass es tatsächlich meine Schuld wäre. Wenn Du mir Bescheid gesagt hättest, bevor Du meinen Brief veröffentlichst ... na ja, dann wäre ich zumindest vorbereitet gewesen. Warum hast Du es nicht getan?

Und was soll ich jetzt machen? Antworte mir so schnell wie möglich!

Tausend Dank,

Miranda (Deckname: Unruhestifterin)

PS: Du brauchst mir das Gratis-Make-up-Set nicht zu schicken, ich finde Make-up total sinnlos. Du kannst es gerne behalten.

Fünftes Kapitel

Donnerstag, 12. Februar

18.00 Uhr

Tust du mir bitte einen Gefallen? Vergiss die Einträge von Montag, 9. Februar, bis einschließlich Mittwoch, 11. Februar. Sie enthalten nichts als gemeine Lügen.

Wie tief muss man eigentlich sinken, um sein eigenes Tagebuch zu belügen? Aber ich wurde am Montag von totaler Verzweiflung ergriffen, und sie hält mich immer noch in ihren eisernen Klauen.

Montag habe ich nämlich etwas Furchtbares herausgefunden. Es gibt da diese Mädchenzeitschrift namens COOL! und sie hat eine Kummerkasten-Seite. Beim Problem der Woche ging es um jemanden, der »Der nervigste Streber auf dem Antlitz dieses Planeten« genannt wurde – und das bin ich.

Jetzt bist du schockiert, oder? Na, dann stell dir mal vor, wie ich mich gefühlt habe. Miranda Jones hat den Brief im Namen aller Schüler meiner Schule geschrieben. Als sie und die beiden anderen mich nachgemacht haben, war das keineswegs eine lustige Stichelei. Nein, sie haben mir einen Spiegel vorgehalten, um mir meine zahlreichen (und ihrer Meinung nach) nervigen Angewohnheiten vor Augen zu führen.

Ich wusste ja, dass sie Schwierigkeiten mit meiner erwachsenen Sicht auf das Leben haben. Aber in Wirklichkeit ist es noch viel schlimmer. Traurig, aber wahr: Ich bin bei jedem einzelnen meiner Mitschüler ausgesprochen unbeliebt.

Diese neue Erkenntnis hat meinem Selbstbewusstsein einen ganz schönen Schlag versetzt – gar nicht zu reden von meiner Brillanz. Außerdem ist mir noch einmal klar geworden, dass ich einfach nicht in die Schule passe. Natürlich ist mir das schon früher aufgefallen, aber jetzt weiß ich, dass die Zeit reif ist. Je eher ich die Schule verlasse, desto besser ist es für alle Beteiligten.

18.15 Uhr

Ich bin trotz allem froh, dir die Wahrheit gesagt zu haben. Jetzt gibt es keine Geheimnisse mehr zwischen uns. Und nächste Woche haben wir Winterferien, was in Anbetracht der Umstände ziemlich gute Neuigkeiten sind.

Freitag, 13. Februar

Ein echter Unglückstag. Dad hat mir heute Abend erzählt, dass Cheryl »ziemliche Schwierigkeiten« hat. Sie muss morgen aus ihrem alten Haus ausziehen, kann aber in ihr neues noch nicht einziehen. Er redete stundenlang darüber, wie übel man ihr mitgespielt habe. Aber mir wäre es sogar egal gewesen, wenn sie in einem Loch am Straßenrand hätte leben und Kohle zum Frühstück hätte essen müssen. (Tut mir leid, wenn dich das schockiert, aber ich werde jetzt kein Blatt mehr vor den Mund nehmen.)

»Dann muss sie sich eben ein Hotelzimmer nehmen«, sagte ich schließlich.

»Das wäre aber ziemlich teuer«, erwiderte Dad. »Darum habe ich mich gefragt, ob Cheryl und Eliza nicht bei uns wohnen könnten … nur so lange, bis ihr neues Haus fertig ist.«

Er muss bemerkt haben, dass ich vor Schreck den Mund nicht mehr zubekam, denn er fügte beruhigend hinzu: »Es wäre nur für ein paar Tage … höchstens ein oder zwei Wochen. Sie könnten doch einfach in unser Gästezimmer ziehen.«

»Weißt du, Dad«, sagte ich, »ich glaube, es wäre wirklich besser, wenn du ihr das Geld für ein Hotel leihst. Ich meine, unser Haus ist schließlich nicht besonders groß …«

»Aber es wird bestimmt lustig«, unterbrach mich Dad. »Und ich bin mir sicher, dass Cheryl uns unter die Arme greifen wird. Sie ist nicht der Typ, der sich einfach zurücklehnt und die Hände in den Schoß legt. Na ja, du hast sie ja kennengelernt.«

»Allerdings«, sagte ich langsam. Ich war alles andere als glücklich darüber, dass jemand, den wir kaum kennen, bei uns einziehen sollte. Ich beschloss, mir Verstärkung zu holen, und rief Oma an.

Sie war total entsetzt. »Typisch Mann! Er hat die ganze Sache einfach überhaupt nicht durchdacht.«

»Sie könnte eine verrückte Axt-Mörderin sein, stimmt's? Oder eine Giftmischerin! Wir kennen sie schließlich kaum«, flüsterte ich.

»Mach dir keine Sorgen«, sagte Oma. »Ich rede mit ihm.«

Nach diesem Gespräch war ich wieder etwas besser gelaunt. Dad ist fast nie anderer Meinung als Oma – zumindest sagt er ihr das nicht ins Gesicht.

Dad war im Schlafzimmer, als Oma anrief. Aber ich konnte trotzdem fast alles hören, weil er ziemlich laut sprach. Außerdem presste ich mein Ohr gegen die Tür.

»Natürlich hätte ich dir noch davon erzählt ... Archie ist mir lediglich zuvorgekommen. Außerdem wäre es nur für kurze Zeit ... und sie ist wirklich nett«, sagte Dad.

Ich weiß nicht, was Oma als Nächstes sagte, aber Dads Stimme schwoll plötzlich an. »Bei Cheryl und mir hat es vom ersten Augenblick an gefunkt. Und sie war so eine große Stütze ...«

Oma kann nicht allzu beeindruckt von Dads Geschwafel gewesen sein, denn er brüllte förmlich: »Es ist sehr bedauerlich, dass du das so siehst, aber in dieser Sache musst du mir einfach vertrauen.«

Ich machte genau in dem Moment einen Satz nach hinten, als Dad die Tür aufstieß. Ich befürchtete, er könnte mir den Anruf bei Oma übel nehmen, aber stattdessen klopfte er mir auf die Schulter und sagte: »Ich glaube, etwas weibliche Gesellschaft wird uns guttun. Das bringt ein bisschen frischen Wind in die Bude.«

Aber ich hatte diese Woche eigentlich schon genug frischen Wind.

Morgen ziehen sie ein.

Samstag, 14. Februar

17.00 Uhr

Sie sind vor einer Stunde angekommen. Dad und ich haben den größten Teil des Tages damit verbracht, in »ihrem Zimmer« Staub zu saugen, sauber zu machen und uns auch sonst auf ihren Empfang vorzubereiten.

Dafür, dass der Großteil ihrer Sachen eingelagert worden ist, hatten sie ziemlich viele Koffer dabei. Ich trug Cheryl die Tasche nach oben und fragte: »Wünschen Sie morgen früh eine Zeitung? Oder einen Weckruf?«

Aber Cheryl lächelte nicht. Sie hat sich wohl noch nicht auf meinen Sinn für Humor eingestellt.

»Tut mir leid, dass ihr Schwierigkeiten hattet. Wann genau wird denn euer neues Haus fertig sein?«, fragte ich als Nächstes.

Bevor sie antworten konnte, mischte Dad sich ein. »Hey, Archie, hör auf, unsere Gäste zu verhören.« Er lachte total übertrieben. Immer wenn wir Damenbesuch haben, schießt Dad übers Ziel hinaus. Wenn ich einmal in seinem Alter bin, habe ich mich in Gesellschaft des anderen Geschlechts hoffentlich besser unter Kontrolle.

Heute früh hat Dad eine Valentinskarte bekommen. Sie war selbst gebastelt mit aufgeklebten Bändern und Herzen drauf. Natürlich nicht unterschrieben. Aber Cheryl wurde rot, als Dad die Karte erwähnte, daher wissen wir, wer die Schuldige ist. Dad hat sehr ausweichend reagiert, als ich ihn gefragt habe, ob er Cheryl auch eine geschickt hat.

Eliza hat noch kein einziges Wort gesagt. Sie stand nur ganz nah bei Cheryl und klammerte sich mit weit aufgerissenen

Augen und starrem Blick an eine der Taschen. Sie sah aus, als wäre sie soeben im Gruselkabinett gelandet.

Muss jetzt los und für alle Tee kochen.

20.00 Uhr

Habe den selbst gemachten Käse-Zwiebel-Kuchen leider ziemlich versaut. Normalerweise ist er eine meiner Spezialitäten. Aber heute habe ich ihn nicht lange genug im Ofen gelassen, sodass er in der Mitte noch ganz kalt war. Hoffentlich haben Cheryl und Eliza etwas vom warmen Teil abbekommen, der ausgesprochen lecker war.

Ich konnte mich kaum aufs Kochen konzentrieren, weil Cheryl alle fünf Sekunden hinein- und wieder hinauslief. Und in der Küche brauche ich Ruhe.

Eliza hat immer noch kein Wort gesagt. Cheryl macht gerade einen Salat für Eliza und sich. Aber das ist mir völlig egal.

21.45 Uhr

Ich hatte mich eben auf dem Sofa im Wohnzimmer ausgestreckt und genoss ein paar Minuten der Ruhe, als Cheryl hereinschaute.

»Hat dein Vater dir eigentlich erlaubt, die Füße auf die Möbel zu legen, Archie?«, fragte sie.

Was meinte sie mit »erlaubt«? Dad und ich sind ein Team, verdammt noch mal! Aber ich nickte nur.

»Dann ist es in Ordnung. Ich dachte nur, ich frage lieber nach«, sagte sie.

Warum? Was geht sie das überhaupt an?

Kurze Zeit später machte ich einen kleinen Spaziergang an

der kühlen Nachtluft. Das beruhigte mich wieder. Der heutige Tag kam mir ungefähr so lang vor wie zwanzig Jahre.

Sonntag, 15. Februar

Wurde davon geweckt, dass Eliza direkt vor meiner Zimmertür Seil sprang.

»Hallo«, sagte ich zu ihr. Sie antwortete nicht, sondern huschte nur davon.

Als ich nach unten kam, standen Dad und Cheryl eng umschlungen in der Küche. Ältere Leute, die sich gegenseitig abschlabbern, sind so ziemlich das Letzte, was man morgens als Erstes sehen will. Ich hüstelte empört und fragte: »Was möchtet ihr zum Frühstück?«

Sie fuhren sofort herum und Cheryl verkündete: »Nein, heute Morgen bin ich an der Reihe. Ich mache uns allen schönen, gesunden Fisch. Und du schaust dir solange ein paar Zeichentrickserien an.«

Zeichentrickserien! Für wie alt hält sie mich eigentlich?

Eliza war bereits im Wohnzimmer. Sie hatte es sich in meiner Lieblings-Sofaecke bequem gemacht. Außerdem hatte sie sich die Fernbedienung geschnappt und zappte pausenlos durch alle Programme. Mitten beim Frühstück sprach sie zum allerersten Mal mit mir.

»Du isst komisch«, verkündete sie.

»Vielen herzlichen Dank«, erwiderte ich.

Ich machte das Abendbrot, das aus Würstchen, Pommes frites und Bohnen bestand. Eliza warf nur einen Blick darauf und sagte: »Igitt, was ist das denn?« Offenbar isst sie weder

Würstchen noch Bohnen. Und Pommes frites mag sie auch nicht besonders. Also musste Cheryl natürlich etwas anderes für sie kochen.

Später hörte ich, wie Cheryl leise zu Dad sagte, sie mache sich Sorgen, weil wir so wenig Gemüse essen würden.

Ich stürmte in die Küche und rief: »Sind gebackene Bohnen etwa kein Gemüse? Und die essen wir praktisch jeden Tag!«

Cheryl schenkte mir nur ein affiges Lächeln.

Montag, 16. Februar

Nachteile von Cheryls und Elizas Einzug

1. Der Kühlschrank ist jetzt vollgestopft mit Cheryls und Elizas Essen.
2. Das Badezimmer ist auch voll von ihrem Zeug. Und heute Morgen konnte ich Ewigkeiten nicht hinein.
3. Cheryl sieht mich komisch an, wenn ich morgens beim Frühstück Zeitung lese. Sie sieht mich auch sonst oft komisch an. Ich habe keine Ahnung, warum.
4. Eliza hat von meinem Nutella gegessen. Ich weiß das, weil ich Brotkrümel im Glas gefunden habe.
5. Eliza glaubt, die Fernbedienung gehört ihr allein.
6. Eliza sagt, sie erträgt es nicht, wie ich mein Müsli kaue oder eine Tüte Chips esse. Von ihrem Gerede könnte ich einen lebenslangen Komplex bekommen.
   Nur fürs Protokoll: Ich esse mit geschlossenem Mund, und bisher hat es in meinem ganzen Leben noch keinerlei Beschwerden deswegen gegeben. Als ich das Dad gegenüber erwähnte, gluckste er nur und sagte: »Die Kleine ist ein ganz schöner Teufelsbraten, was?«

7. Von Cheryls Parfüm bekomme ich schlimmen Husten. Ich fürchte, ich reagiere stark allergisch darauf.

Vorteile von Cheryls und Elizas Einzug

Bis jetzt ist mir noch keiner eingefallen.

Dienstag, 17. Februar

Noch mehr Nachteile:

Eliza hatte heute zwei Freundinnen zu Besuch. Sie liefen mir die ganze Zeit flüsternd und kichernd hinterher. Ich fühlte mich wie ein Gast in meinem eigenen Haus. Außerdem hat sie ihnen erzählt, meine Füße würden stinken – eine weitere Verleumdung, der ich heftig widerspreche.

Ein paar Vorteile:

Vergiss es.

Heute Abend stürmte Eliza in mein Zimmer und knipste das Licht aus. Total kindisch! Das machte sie dann noch zweimal. Schließlich rannte ich in ihr Zimmer und knipste ebenfalls das Licht aus, nur um ihr einen kleinen Denkzettel zu verpassen. Ich hatte natürlich keine Ahnung, dass Cheryl gerade dort war. Kurze Zeit später steckte Cheryl den Kopf in mein Zimmer und wollte wissen, was das sollte.

Ich gab sofort alles zu, aber der Zwischenfall war mir sehr peinlich. Wie du weißt, lasse ich mich normalerweise nie zu solch kindischen Mätzchen hinreißen. Es kommt mir so vor, als wäre ich heute Abend bewusst dazu getrieben worden.

Donnerstag, 19. Februar

Solange Dad in der Nähe ist, benimmt sich Cheryl wie die netteste Person der Welt. Aber wenn er bei den Proben für *Rivalen* ist, so wie heute, dann strahlt sie ungefähr so viel Wärme aus wie ein Eiswürfel.

Den ganzen Vormittag starrte sie mich mit ungeduldigem Gesichtsausdruck an, als wollte sie sagen: »Warum bist du immer noch hier?«

»Gehst du denn nie nach draußen und triffst dich mit deinen Freunden?«, fragte sie schließlich.

Solche ausgesprochen persönlichen Dinge gehen sie doch nun wirklich nichts an, oder? Aber ich antwortete trotzdem. »Eigentlich verkehre ich nicht besonders viel mit Leuten meines Alters. Jugendclubs und solche Sachen interessieren mich längst nicht mehr. Ich fürchte, ich bin ziemlich reif für mein Alter.«

Als Antwort erschien nur ein schmales Lächeln auf ihrem Gesicht. Dann begann sie, das Wohnzimmer zu saugen. Ich machte sie höflichst darauf aufmerksam, dass Staubsaugen laut Haushaltsplan eine meiner Pflichten sei. Sie warf mir einen wütenden Blick zu und sagte ziemlich forsch: »Ich dachte, du wärst froh über ein wenig Hilfe. Das Haus ist nämlich ganz schön schmutzig.«

»Oh ja, ich weiß«, schoss ich zurück. »Es ist so dreckig, dass Dad und ich nachts mit einem Luftgewehr all die Ratten abschießen müssen, die sich hier versammeln.«

Diese sarkastischen Worte sprudelten einfach so aus mir heraus. Ich war selbst völlig überrascht. Und total wütend. Wie konnte sie es wagen, unser Haus schmutzig zu nennen? Oma war sehr beeindruckt von meiner Reinlichkeit, als sie Weihnachten zu Besuch war.

Heute Abend bestand Cheryl darauf, dass wir alle Kräutertee trinken. Ihrer Meinung nach würden wir dann schnell merken, wie viel wohlschmeckender er sei als normaler Tee. Dabei schmeckte er in Wirklichkeit nur nach Brennnesseln und muffigen Unterhosen. Schon nach einem einzigen Schluck wurde mir furchtbar schlecht. Als ich das sagte, warf Cheryl mir wieder einen bösen Blick zu.

Sie ist – NEIN, STOPP! Dieses Tagebuch wird allmählich zu einem einzigen Gejammer über Cheryl. Dabei ist sie bald sowieso wieder weg. Außerdem ist das jetzt die schwierigste Zeit, weil Eliza und ich Ferien haben und Cheryl sich auch ein paar Tage freigenommen hat. Nächste Woche, wenn wir nicht mehr die ganze Zeit hier eingepfercht sind, wird es einfacher, und danach verschwinden sie ja wieder.

Darum werde ich mir ab sofort jedes Gejammer über Cheryl auf diesen Seiten verbieten. Ich bin reif genug, um die Sache durchzustehen.

Freitag, 20. Februar

Nein, bin ich nicht. Und ich hebe das Jammer-Verbot mit sofortiger Wirkung wieder auf – denn Cheryl hat mich soeben des Diebstahls verdächtigt!

Vor ein paar Minuten kam sie mit sehr ernster Miene in mein Zimmer. »Ich habe vier Schoko-Muffins fürs Abendbrot gekauft. Sie sollten eine besondere Leckerei für uns alle sein.«

Ich nickte. Ich hatte sie im Kühlschrank gesehen.

»Aber jetzt«, ihre Stimme schwoll vorwurfsvoll an, »sind sie weg.«

Tja, nicht ein einziger Krümel von ihnen war über meine Lippen gekommen. Darum murmelte ich nur: »Was für ein Jammer.«

»Allerdings«, stimmte sie zu. »Du kannst also nichts zur Lösung dieses kleinen Rätsels beitragen?«

Ich schüttelte den Kopf.

»Na gut, vielen Dank«, sagte sie ziemlich verschnupft.

Fünf Minuten später kam Dad die Treppe hinaufgestapft. Er lächelte mir entschuldigend zu und sagte: »Du und ich, wir sind es gewohnt, uns einfach selbst aus dem Kühlschrank zu bedienen, wann immer uns danach ist, stimmt's? Aber jetzt haben wir Gäste …«

Ich starrte ihn völlig entsetzt an. Es war schon schlimm genug, dass Cheryl mich des Diebstahls bezichtigte … aber jetzt fiel mir auch noch mein eigener Vater in den Rücken!

»Ich habe ihre jämmerlichen, verschimmelten Schoko-Muffins nicht angerührt!«, platzte ich heraus.

Dad machte leicht beunruhigt einen Schritt nach hinten. Er merkte, wie nahe mir die Sache ging. »Jetzt warte doch mal, hier liegt offensichtlich nur ein Missverständnis vor. Ich werde es ihnen erklären, und dann ist alles wieder in Ordnung, okay?«

»Nein, nichts ist in Ordnung. Mein Name wurde durch eine falsche Beschuldigung beschmutzt. Und das muss ich JETZT klären.«

19.25 Uhr

Eliza hat sich gerade auf dem Klo eingeschlossen – und das ist anscheinend meine Schuld.

Dabei habe ich sie lediglich wegen der Schoko-Muffins ins Kreuzverhör genommen. Ich bin mir sicher, dass sie sie gegessen und dann offenkundig versucht hat, mir die Schuld in die Schuhe zu schieben. Aber statt ihre Missetat zuzugeben und die ganze unangenehme Angelegenheit in Ordnung zu bringen, stieß sie ein fürchterliches Protestgeschrei aus und flitzte aufs Klo.

Cheryl hat sich furchtbar aufgeregt und stundenlang davon gefaselt, was für ein sensibles Wesen Eliza sei.

Während ich dies schreibe, ruft Cheryl immer noch irgendwelches Zeug durch die Klotür. Dad sieht total fertig aus und ich habe mich in mein Zimmer zurückgezogen.

19.45 Uhr

Eliza hat das Klo verlassen, falls du dir Sorgen um sie gemacht haben solltest, was ich sicherlich nicht getan habe. Sie wurde behandelt, als wäre sie soeben von einer einjährigen Reise nach Sibirien zurückgekehrt. Und jetzt sagt Cheryl auf einmal: »Schau, es sind doch nur Schoko-Muffins.« Ihre Scheinheiligkeit kann einen wirklich um den Verstand bringen!

Cheryl und Dad sind unten und ertragen Elizas Launen. Ich habe es höflich abgelehnt, ihnen Gesellschaft zu leisten. Ich werde einfach für den Rest des Abends in meinem Zimmer bleiben.

Noch ein weiterer sehr langer Tag.

Samstag, 21. Februar

20.00 Uhr

Im Kühlschrank steht neuer Kuchen. Cheryl hat einen kleinen Notizzettel an den Teller geklebt, auf dem steht: »*Bitte nicht essen! Eine Leckerei für die ganze Familie. Danke, C.*«

Ich bin mir sicher, dass sie den Zettel meinetwegen geschrieben hat. Und was meint sie mit »Leckerei für die ganze Familie«? Sie gehört nicht zu meiner Familie. Und wird es auch nie.

Sonntag, 22. Februar

Cheryl und Eliza sind heute Nachmittag ausgegangen, sodass Dad und ich das Haus für uns hatten. Fantastisch!

Endlich konnte ich mit Dad über meine schulische Zukunft sprechen. »Ich glaube, ich stehe an einem Scheideweg in meinem Leben, was die Schule betrifft … und es wird Zeit, die Richtung zu ändern.«

Dad sah völlig verwirrt aus. Also formulierte ich es einfacher. »Kann ich nächste Woche von der Schule abgehen und stattdessen einen Privatlehrer bekommen, der mich zu Hause unterrichtet?«

»Fühlst du dich nicht wohl in der Schule?«, fragte Dad und machte ein betroffenes Gesicht.

»Doch, doch«, sagte ich schnell. »Ich würde mich nur noch viel wohler fühlen, wenn ich nicht mehr hinmüsste. Und ich glaube, ein Privatlehrer wäre die perfekte Lösung. Es muss ja keine Spitzenkraft sein. Jeder mit den nötigen Qualifikationen und einer angenehmen Persönlichkeit würde infrage kommen.«

Dad sah mich direkt an. »Archie, du weißt doch, dass du mir alles sagen kannst, nicht wahr?«

Ich nickte.

»Hast du irgendwelche Probleme in der Schule?«

»Keineswegs.«

Dad sah mich immer noch an.

»Na ja, abgesehen davon ... dass mich ein oder zwei Leute nicht besonders mögen.«

»Wer genau?«

Wenn ich sie alle aufgezählt hätte, wären wir gar nicht mehr ins Bett gekommen. Darum sagte ich nur: »Ich glaube, ein paar Schüler finden mich ein wenig schwierig«, meine Stimme wurde leiser, »und nervig.«

»Nervig!« Dad flüsterte das Wort ebenfalls. »Das verstehe ich nicht.«

»Ich auch nicht.« Ich lächelte. »Aber so sehen sie es nun mal. Nicht, dass es mir etwas ausmachen würde. Aber ich hätte gerne mal ein wenig Abwechslung vom täglichen Schultrott. Natürlich werde ich irgendwann zurückkehren, wenn ich älter bin und neue Kräfte gesammelt habe. Also, was meinst du? Suchst du mir einen Privatlehrer? Du kannst einen Teil der Kosten von meinem Taschengeld abziehen.«

Dad stand auf und zerzauste mir die Haare. »Lass mich darüber nachdenken, okay?«

Bin voller Hoffnung.

21.30 Uhr

Nächste Woche um diese Zeit sind Cheryl und Eliza nicht mehr da. Dieser kleine Satz zaubert augenblicklich ein Lächeln auf mein Gesicht. Macht es dir etwas aus, wenn ich ihn noch einmal aufschreibe? NÄCHSTE WOCHE UM DIESE ZEIT SIND CHERYL UND ELIZA NICHT MEHR DA.

Montag, 23. Februar

In meinem Zimmer lag heute eine Nachricht von Cheryl. Sie lautete: »Ich konnte wegen der Unordnung auf dem Fußboden dein Zimmer nicht richtig sauber machen. C.«

Ich schrieb zurück: »Bitte sieh freundlicherweise davon ab, mein Zimmer zu putzen. Das mache ich jeden Mittwochabend, wie du dem Haushaltsplan in der Küche entnehmen kannst.
Zu deiner Information: Bei mir liegt immer Zeug auf dem Fußboden herum. Herzlichen Dank für dein Interesse. A.«

Dienstag, 24. Februar

Heute in der Schule ist etwas sehr Merkwürdiges passiert. Als Miranda Jones mich sah, huschte ein Lächeln über ihr Gesicht. Vor lauter Schreck wusste ich nicht, wie ich reagieren sollte.

Was in aller Welt geht hier vor?

COOL!

Eine Antwort von Tante Prue

Liebe Miranda,

es tut mir leid, dass Du von der Veröffentlichung Deines Briefes in COOL! überrascht worden bist. Es wird erst sehr spät entschieden, welche Briefe abgedruckt werden (und nicht nur von mir allein), darum konnte ich Dir vorher nicht Bescheid sagen.

Aber es war sicher nicht nur der Brief, der Archie so aus der Fassung gebracht hat. Ich war gar nicht glücklich über Deinen Plan, Dich so anzuziehen wie er. Es ist nie eine gute Idee, sich über andere Leute lustig zu machen. Doch immerhin hast Du Deinen Fehler erkannt.

Was Du jetzt tun musst, ist sehr einfach: Rede mit Archie und entschuldige Dich bei ihm für all den Kummer, den Du ihm bereitet hast. Außerdem könntest Du ihn vielleicht fragen, ob er Hilfe braucht. Das wird nicht leicht für Dich, aber ich denke, es muss sein!

Du schaffst es bestimmt, alles wieder in Ordnung zu bringen.

Mit freundlichen Grüßen,

Tante Prue

PS: Danke für Dein nettes Angebot das Make-up-Set betreffend, aber es wurde bereits an Dich abgeschickt. Du findest bestimmt jemand anders, dem Du damit eine Freude machen kannst.

MIRANDA JONES

Tante Prue
Kummerkasten-Seite
COOL!
Williams Terrace
London

Dienstag, 24. Februar

Liebe Tante Prue,
über Deine schnelle Antwort habe ich mich sehr gefreut. Aber Dein Ratschlag ist echt das Letzte!

Mit diesem ganzen Quatsch, dass ich mit Archie reden soll, kann ich überhaupt nichts anfangen. Warum schreibst Du nicht gleich, ich soll ihn adoptieren? Nichts für ungut. Ich bin mir sicher, Dein Rat wäre prima geeignet für Kinder, die Erwachsene als »nett« bezeichnen, so wie meine Schwester zum Beispiel.

Aber mich hat noch nie jemand »nett« genannt, und das wird auch nie passieren. Ich verbreite nämlich nichts als Ärger und Aufsässigkeit. Ich fordere die Erwachsenen immer heraus und streite mich mit ihnen. Darum nennen sie mich eine »Unruhestifterin«. Mir ist es egal, wenn sie mich nicht mögen. Ich kann sowieso nichts daran ändern. Genauso wenig wie an meiner zu großen Nase.

Aber denk jetzt bitte nicht, ich wäre völlig unerträglich. Wenn ich höflich um etwas gebeten werde, dann tue ich es manchmal auch. Aber bei Befehlen stelle ich sofort meine Stacheln auf. Und wenn jemand auf mir herumhackt …

Niemand legt sich mit mir an und kommt ungeschoren davon. Eine Erfahrung, die Tinkler auch gerade macht. Doch ich wollte eigentlich nicht herumschwafeln, sondern Dir etwas ganz anderes erzählen, Tante Prue. Nachdem ich heute Morgen Deinen Brief gelesen hatte, ging ich sofort los und lächelte Archie zu. Hinterher war ich völlig fertig. Ich bin seit Jahren nicht mehr so nett zu jemandem gewesen.

Aber ich fürchte, mehr ist einfach nicht drin. Ich fühle mich immer noch schlecht wegen Archie, aber ich werde ihn weder umarmen noch mich entschuldigen oder mit ihm über die ganze Sache reden. Eher würde ich meinen Kopf in einen Topf mit kochendem Pommes-frites-Fett stecken. Also – …

Sechstes Kapitel

Mittwoch, 25. Februar

Als ich heute Abend den Schlüssel ins Schloss steckte, hörte ich ein lautes Krachen. Ich betrat das Haus und sah, dass das kleine Bord in der Diele, auf dem ich ein paar Porzellanfiguren drapiert hatte, seitlich herunterhing. Die Figuren waren quer über den ganzen Teppich verstreut.

Meine Lieblingsfigur, ein Einhorn, war zerbrochen. Daneben lag mein Fußball.

Ich wusste sofort, wer meinen Fußball ohne Erlaubnis aus meinem Zimmer geholt und ihn mit zerstörerischer Wucht durch die Gegend geworfen hatte. Ich hob ihn auf – ein großer Fehler, wie du gleich feststellen wirst – und rief: »Eliza!«

Ein unschuldiges Gesicht erschien in der Küchentür. »Ja …«, fing sie an, dann schnappte sie nach Luft und keuchte: »Oh nein, was hast du getan?«

Bevor ich antworten konnte, kam Cheryl nach Hause. Sie bemerkte die Scherben auf dem Teppich sofort.

»Wer war das?«, fragte sie.

»Er war es!«, rief Eliza. »Ich hab ihn gesehen. Er hat den Fußball wie verrückt durch die Gegend geschossen!«

»So ein Quatsch!«, schrie ich zurück. »Du hast den Ball aus meinen privaten Räumlichkeiten gestohlen und dann …«

»Nein, hab ich nicht!«, kreischte sie.

»Hast du doch!«, brüllte ich.

»Ruhe!«, rief Cheryl. »Von eurem Geschrei bekommt man ja Kopfschmerzen. Ihr geht jetzt beide sofort nach oben. Ich ertrage diese ewigen Streitereien nicht länger!«

Eliza huschte schon die Treppe hinauf, aber ich stand einfach nur da und war starr vor Schreck.

Ich konnte nicht glauben, dass ich nach oben geschickt wurde. So etwas war mir noch nie zuvor passiert. Ich wollte etwas sagen, aber mein Mund war plötzlich trockener als die Wüste.

»Ja, du auch, Archie«, kreischte Cheryl.

Ich hatte keine Lust auf eine Auseinandersetzung mit ihr, weil sie in diesem Moment ziemlich einschüchternd wirkte. Also beschloss ich, meinen Mund erst wieder aufzumachen, wenn Dad zu Hause war.

Ich lag auf meinem Bett und bebte vor Empörung. Wie konnte sie es wagen, mich in mein Zimmer zu verbannen. WIE KONNTE SIE ES WAGEN!

Dad kehrte ziemlich früh von der Probe zurück. Cheryl redete eine halbe Ewigkeit flüsternd auf ihn ein. Schließlich kam er zu mir. Er blieb in der Tür stehen. »Wie ich höre, hattest du mal wieder eine kleine Meinungsverschiedenheit mit Eliza, Archie.«

»Und ich kann dir auch sagen, warum«, rief ich. Dann erzählte ich, was passiert war, während Dad sich mit der Hand über das Gesicht fuhr und schwer seufzte. »Solange ich denken kann, bin ich noch nie auf mein Zimmer geschickt worden«, schloss ich.

»Vielleicht wäre das aber besser gewesen.« Plötzlich stand Cheryl neben Dad auf der Türschwelle. »Es gehört schließlich zum Erwachsenwerden dazu, ab und zu auf sein Zimmer geschickt zu werden, oder?« Sie grinste, als hätte sie gerade etwas besonders Witziges gesagt. Ich sah sie so eisig an, wie ich konnte. Dann sagte sie leise zu Dad: »Eliza hat sich schon wieder auf der Toilette eingeschlossen.«

»Warum zieht sie nicht gleich dort ein?«, fragte ich. Aber Dad warf mir nur einen kurzen Blick zu und ging mit Cheryl davon.

Wenig später kam er zurück.

»Sie ist wieder herausgekommen«, verkündete er.

»Ich zittere am ganzen Körper vor Erleichterung. Bevor sie sich das nächste Mal einschließt, erinnere sie bitte daran, dass mein Zimmer für sie rund um die Uhr tabu ist! Glaubst du mir, dass sie das Verbrechen im Flur begangen hat?«

»Ja, natürlich«, sagte Dad. »Aber es ist ja nichts passiert.«

»Das Einhorn ist geköpft worden.«

»Stimmt, aber es war nicht besonders wertvoll, Archie.«

»Immerhin hat es mir gehört.«

»Ich kauf dir ein neues.«

»Ich finde, Eliza sollte es bezahlen.«

»Komm schon, Archie, sie ist ein neun Jahre altes Mädchen in einem fremden Haus. Es ist bestimmt nicht leicht für sie.«

Ich fand, es war sehr leicht für sie. Sie wurde schließlich behandelt wie das Kind irgendeines Promis.

Dad setzte sich auf mein Bett. »Weißt du, als ich klein war, habe ich lange Zeit nur mit meiner Mutter zusammengelebt. Als dann meine Cousine zu uns zog, fand ich sie zuerst schrecklich nervig. Aber irgendwann war es in Ordnung und wir …«

»Eliza ist aber nicht meine Cousine«, unterbrach ich ihn.

»Ja, das stimmt.« Dad stand auf. »Doch jetzt sollten wir uns alle ordentlich Mühe geben und versuchen, noch einen netten Abend zu verbringen. Glaubst du, du kriegst das hin?«

Er redete plötzlich mit mir, als wäre ich ein kleines Kind. Aber das war mir vollkommen egal.

Ein paar Minuten später fand ich mich in Cheryls und Elizas Zimmer wieder. Sie gehen in mein Zimmer, wann immer es ihnen passt, warum sollte ich es also nicht genauso machen und mich bei ihnen umsehen?

Auf einem Bord stand die Flasche mit Cheryls stinkendem Parfüm. Sie war so riesig, dass eine ganze Flaschengeist-Familie darin Platz gehabt hätte. Plötzlich hatte ich das Verlangen, die Flasche in tausend Stücke zu zertrümmern. Natürlich habe ich es nicht getan, dazu bin ich viel zu vernünftig. Aber für einen Moment war ich stark in Versuchung.

Das zeigt, wie sehr die Ereignisse des heutigen Abends mein inneres Gleichgewicht beeinträchtigt haben.

22.20 Uhr

Bin gerade von Cheryls Stimme aufgewacht. Sie sprach unten mit Dad über jemanden, dem es schwerfällt, in der Schule Freunde zu finden. Ich nahm an, es würde um Eliza gehen, aber dann hörte ich sie sagen: »Es passiert so leicht, und ich mache dir auch überhaupt keinen Vorwurf, aber du hast ihm erlaubt, den Chef zu spielen und ständig anzugeben.« Sie redete von MIR! Wie konnte sie es wagen, mir vorzuwerfen, ich würde den Chef spielen? Und wie du ja weißt, gebe ich niemals an. Es gibt vielleicht Momente, in denen ich eine Sicht der Dinge an den Tag lege, die für einen Jungen meines Alters ziemlich ungewöhnlich ist. Aber das ist doch etwas völlig anderes, oder?

Ich wartete darauf, dass Dad sie unterbrach und mich verteidigte. Aber er sagte kein Wort. Stattdessen redete Cheryl weiter. Aber jetzt flüsterte sie (es klang fast wie ein Zischen), und ich bekam nicht mehr mit, was sie sagte. Doch ich konnte die Giftpfeile, die sie auf mich abschoss, sogar oben in meinem Zimmer spüren. Was mir aber am meisten wehtat, war Dads Schweigen. Warum hat er Cheryl nicht die Meinung gesagt?

23.30 Uhr

Bin immer noch wach. Kommt es dir auch manchmal so vor, als wäre dein Leben nur ein Tiefschlag nach dem anderen? Zack, zack, zack! Falls es dir jemals so ging, weißt du genau, wie ich mich gerade fühle.

Freitag, 27. Februar

19.00 Uhr

Heute hat jemand furchtbar laut in Mr Tinklers Unterricht gerülpst. Es war ein Junge namens Tony Davis, der manchmal einfach vor mir auftaucht und mir direkt ins Gesicht rülpst. Er findet das wahnsinnig witzig.

Mr Tinkler beschuldigte sofort Miranda Jones. Da ich jetzt weiß, wie es ist, wenn man fälschlicherweise verdächtigt wird, fühlte ich für einen kurzen Moment eine merkwürdige Verbundenheit mit ihr.

19.30 Uhr

Ich lausche die ganze Zeit auf Geräusche des Kofferpackens aus Cheryls und Elizas Zimmer. Habe bis jetzt noch nichts gehört.

20.00 Uhr

Gerade kam Dad in mein Zimmer und sagte: »Übrigens, nur damit du Bescheid weißt, Cheryl und Eliza bleiben noch etwas länger bei uns.«

Einen Moment wurde mein Gesicht starr vor Schreck. Dann platzte ich heraus: »Wie viel länger?«

»Nicht so laut«, sagte Dad. »Sonst können sie dich hören.«

Ich versuchte, meiner rabenschwarzen Verzweiflung Herr zu werden, und bat: »Sag mir bitte genau, wie lange sie noch in unserem Haus wohnen werden.«

»Das wissen wir noch nicht«, antwortete Dad angespannt. Dann gähnte er. »Tut mir leid«, entschuldigte er sich. »Im Studio ist gerade total viel los … und nächste Woche stehe ich jeden Tag vor der Kamera.«

»Das hört sich prima an«, sagte ich und lächelte ihm zu. Für einen kurzen Augenblick waren meine Probleme vergessen. Aber sobald Dad gegangen war, fiel mir alles wieder ein.

Wenn ich nur wüsste, wie lange ich Cheryl und Eliza noch ertragen muss. Was, wenn sie nie wieder fortgehen? Wenn sie für immer hierbleiben? War das die ganze Zeit über Cheryls geheimer Plan?

Jetzt jage ich mir schon selbst Angst ein. Ich mache besser Schluss für heute.

Samstag, 28. Februar

Habe Dad gefragt, ob er schon einen Privatlehrer für mich gefunden hat. Er antwortete ziemlich kurz angebunden, das sei nicht der Fall.

»Wenn du dir Sorgen wegen der Kosten machst, kannst du ihn mir ja einfach zum Geburtstag schenken. Dann wünsche ich mir auch nichts anderes mehr.«

»Es sind nicht die Kosten«, sagte Dad.

Ich sah ihn fragend an.

»Ich fände es gar nicht gut, wenn du die Schule verlassen würdest, Archie«, sagte er. »Du gehst schließlich nicht nur hin, um dir irgendwelches Wissen anzueignen, stimmt's? Du lernst dort auch, wie man mit anderen Menschen umgeht – und das ist mindestens genauso wichtig.«

Plötzlich hatte ich das merkwürdige Gefühl, Cheryls Worte aus Dads Mund zu hören. Ein eiskalter Schauer lief mir über den Rücken.

Sonntag, 1. März

Cheryl hat uns heute ein Sonntagsessen gekocht (massenweise ekliges Gemüse und weder Pommes frites noch gebackene Bohnen) und sich vor Dad bei mir eingeschleimt. Sie stellte mir andauernd irgendwelche Fragen, als wäre ich ein Fremder, der zufällig zum Mittagessen vorbeigekommen ist. Sie umarmte mich sogar (würg, kotz). Ich habe schon Ohrfeigen bekommen, die liebevoller waren.

Später begannen sie und Dad ohne jede Vorwarnung, einander abzuschlabbern. Ich wusste gar nicht, wo ich hinschauen sollte.

Cheryl hat mir Dad gestohlen, stimmt's? Und im Moment gibt es nichts, was ich dagegen tun kann.

Ich bin nur ein Spielball des Schicksals.

Montag, 2. März

Dad hat bis morgen Nachmittag Filmaufnahmen. Ich sagte Cheryl, ich würde mir mein Abendbrot selbst machen. Dann bereitete ich mir in stiller Würde ein köstliches Mahl aus Bohnen auf Toast zu, mit Schinkenscheiben belegt. Ich nahm das Tablett mit dem Essen mit nach oben und überließ Cheryl und Eliza ihrem Schicksal. Seitdem hat keine der beiden meine Nähe gesucht. Sie poltern überall herum, während ich still in meinem Zimmer sitze und mich wie ein blinder Passagier in meinem eigenen Haus fühle.

Dienstag, 3. März

Habe gerade etwas Furchtbares entdeckt – und zwar etwas RICHTIG Furchtbares. Bist du jetzt verwirrt? Ich schätze, ja. Dann geht es dir wie mir. In meinem Kopf herrscht totales Chaos.

Aber ich muss es trotzdem sofort aufschreiben, weil … doch das wirst du schon noch sehen.

Es begann alles heute Morgen, als die Heizung in der Schule ausfiel und alle Schüler (außer den Abschlussklassen) nach Hause geschickt wurden. Ich war um ungefähr neun Minuten vor zwölf wieder daheim. In der Auffahrt stand ein fremdes Auto und ich konnte laute Musik aus der Küche und Stimmen aus dem Wohnzimmer hören. Die eine Stimme kam mir bekannt vor, die andere nicht.

Die Wohnzimmertür stand einen Spalt offen. Also spähte ich hinein und sah Cheryl, die sich lebhaft mit einem Mann mit großen Ohren und grauem Pferdeschwanz unterhielt. Dann lehnte er sich vor und streichelte ihre Hand. Ich hatte genug gesehen. Dieser Mann war eindeutig nicht vorbeigekommen, um den Stromzähler abzulesen. Über der ganzen Szene lag eine unsichtbare Vertrautheit wie eine Giftgaswolke.

Ich habe zufällig entdeckt, dass Cheryl sich heimlich mit ihrem Liebhaber trifft, stimmt's? Wie kann sie es wagen, unser Haus als Liebesnest zu missbrauchen?

Ich beschloss augenblicklich, Dad Bescheid zu sagen und ihm die Angelegenheit zu überlassen. Es gab nur ein kleines Problem. Ich konnte schlecht von zu Hause aus anrufen. Und ich besitze kein Handy. Also musste ich zur Post gehen, vor der sich zwei Telefonzellen befinden. Aber ob du es glaubst oder nicht – sie waren beide außer Betrieb.

Jetzt stehe ich also vor der Post und überlege, was ich machen soll. Ich könnte versuchen, mir ein Handy von jemandem zu leihen, oder? Ich könnte sagen, es handelt sich um einen Notfall, was ja auch irgendwie stimmt. Ja, ich glaube, das werde ich tun. Ich muss nur erst all meinen Mut zusammennehmen, um jemanden anzusprechen.

Okay, es geht los.

12.55 Uhr

Du wirst nie erraten, von wem ich mir ein Handy geliehen habe … von Miranda!

Sie verteilte gerade Flugblätter gegen das sinnlose Töten von Walen. Das hatte sie schon in der Schule getan. Aber ich nahm mir trotzdem noch ein Flugblatt und fragte: »Darf ich dir eine ziemlich unverschämte Frage stellen?«

Sie hob eine Augenbraue.

»Dürfte ich mir eventuell kurz dein Handy leihen? Ich muss dringend meinen Vater anrufen.«

Ohne ein Wort zu sagen, reichte sie mir ihr Handy.

»Das ist sehr nett von dir, vielen Dank«, sagte ich.

Dad ging fast sofort dran. »Ist alles in Ordnung, Archie?«, fragte er.

»Nicht wirklich.« Ich wollte sein seelisches Gleichgewicht nicht zerstören, indem ich ihm all die schockierenden Einzelheiten auf einmal mitteilte. Darum sagte ich: »In der Schule ist die Heizung ausgefallen, deshalb bin ich früher zurückgekommen und habe einen fremden Mann in unserem Haus entdeckt.«

Dad sog keuchend die Luft ein. »Du hast einen Einbrecher überrascht?«, rief er.

»Nein, nein, ganz so war es nicht«, sagte ich schnell. »Ich bin auch nicht gefangen gehalten oder gefoltert worden oder …«

»Aber wer ist dann dieser Mann?«, unterbrach mich Dad.

»Ich hab ihn noch nie gesehen. Aber Cheryl. Er hat ihre Hand gestreichelt … und sie sah aus, als würde ihr das sehr gefallen.« Ich hielt es jetzt doch für das Beste, Dad die ganze Wahrheit zu erzählen.

Er machte ein Geräusch wie ein geplatzter Reifen und murmelte mit schwacher, gepresster Stimme: »Ich wollte sowieso gerade nach Hause fahren. In einer halben Stunde bin ich da.«

»Prima«, sagte ich. »Dann kannst du dir ja selbst ein Bild machen. Komm gut nach Hause. Bis später.«

Ich gab Miranda das Handy zurück. Sie stand neben mir und hatte alles mit angehört. »Wie viel schulde ich dir für den Anruf?«, fragte ich.

»'nen Euro«, antwortete sie.

Als ich merkte, dass das ein Witz sein sollte, lachte ich. »Ich schätze, da sind Steuern und Gebühren noch nicht mit drin, oder?«

Auf ihrem Gesicht erschien der Anflug eines Lächelns. »Wer ist Cheryl?«, wollte sie wissen.

Ihre Frage machte mir nichts aus, darum antwortete ich: »Sie wohnt bei uns, bis ihr neues Haus fertig ist, und mein Dad mag sie irgendwie …«

»Aber du nicht«, unterbrach sie mich.

»Nein«, gab ich zu. »Und sie mich auch nicht.«

»Versteh ich gar nicht«, murmelte Miranda, was vermutlich wieder einer ihrer Witze war. »Wie auch immer, sie packt heute Abend bestimmt ihre Sachen.« Miranda machte mit dem Verteilen der Flugblätter weiter.

Wenn es nach mir geht, müssen Cheryl und Eliza gar nicht so schnell ausziehen. Morgen würde völlig ausreichen. Bei dem Gedanken daran, dass Dad und ich das Haus bald wieder für uns allein haben, bläht sich mein Herz vor lauter Freude auf wie einer dieser mit Gas gefüllten Luftballons.

Später mehr.

16.30 Uhr

Ich trieb mich Ewigkeiten in der Stadt herum. Ich dachte, Dad würde sich gerne ungestört und in aller Ruhe mit Cheryl streiten. Und ich respektierte sein Bedürfnis nach Privatsphäre.

Aber irgendwann ging ich doch nach Hause, und mir fiel sofort auf, dass das fremde Auto nicht mehr da war. Dad hatte den Typen bestimmt rausgeschmissen. Wenn es sein muss, kann er ziemlich energisch sein.

Ich öffnete die Haustür. Dad kam auf mich zu. Ein trauriges und leicht gezwungenes Lächeln lag auf seinem Gesicht. »Cheryl packt gerade ihre Sachen.«

Also hatte Miranda recht gehabt.

»Sie hat ein grausames Spiel mit mir gespielt«, fuhr Dad fort. »Cheryl hat so getan, als würde sie mich mögen, während sie sich heimlich mit ihrem Exmann getroffen hat.«

»Der Typ war also ihr Exmann?«

Dad nickte grimmig. »Du wusstest von Anfang an, dass Cheryl eine falsche Schlange ist, oder?«

Ich klopfte ihm freundschaftlich auf die Schulter. »Glaub mir, es macht mir keinen Spaß, recht behalten zu haben. Am besten legst du dich jetzt ein oder zwei Stunden aufs Ohr. Die ganze Sache war ein schwerer Schock für dich. Und wenn du aufwachst, koche ich uns etwas Schönes. Wie wär's mit Bohnen auf Toast und einer Tasse kräuterfreiem Tee?«

»Gute Idee«, sagte Dad. »Ich fühle mich schon viel besser.«

STOPP!

So hätte es eigentlich heute Abend laufen sollen – und ich dachte wirklich, es würde sich so abspielen. Aber jetzt erzähle ich dir besser die ganze beschissene, widerliche Wahrheit (bitte entschuldige meine Ausdrucksweise), die folgendermaßen aussieht …

Als ich nach Hause kam, saßen Dad, Cheryl und der Mann mit dem grauen Pferdeschwanz im Wohnzimmer, als wären sie die besten Freunde. Kaum hatten sie mich gesehen, brachen alle drei in wieherndes Gelächter aus.

Der Mann ist Cheryls Bruder Edwin. Er war im Ausland und die beiden hatten sich ewig nicht mehr gesehen. Aber er hat sie bei uns aufgespürt und fand es so witzig, für ihren Liebhaber gehalten zu werden, dass er gar nicht mehr aufhören konnte zu lachen. Genauso wenig wie Cheryl und Eliza (die von der ganzen Geschichte erfuhr, als sie vom Ballettunterricht zurückkam, und seitdem einen Lachkrampf nach dem anderen bekommt).

Edwin ist vor ungefähr fünf Minuten gegangen. Auf der Türschwelle hörte ich ihn meinen Namen sagen, und sofort ertönten wieder laute Lachsalven. Ich habe meinen Kopf unter zwei Kissen gesteckt. Ich würde mir lieber die Ohren abreißen, als noch länger dieses furchtbare Gegacker mitanhören zu müssen.

19.00 Uhr

Dad war gerade hier, um nach mir zu sehen. »Ich habe mich in deinem Namen bei Cheryl entschuldigt«, sagte er.

»Warum denn? Ich dachte, ich hätte ihr den Tag gerettet.« Mit letzter Verzweiflung fügte ich hinzu: »Hat Edwin eigentlich irgendeinen Beweis dafür vorgelegt, dass er ihr Bruder ist?«

»Jetzt hör aber auf, Archie.«

»Du hättest doch nur einen Blick auf seinen Ausweis werfen müssen.«

»Für heute hatten wir wirklich genug von diesem Unsinn. Sei froh, dass Cheryl und Edwin so viel Humor haben.«

»Aber nur, solange ich die Witzfigur bin.«

Dad sah mich mit gerunzelter Stirn an. Das Stirnrunzeln schien bis zu seinen Füßen zu reichen.

Wir waren praktisch dabei, uns zu streiten. Das war noch nie vorgekommen. Ich dachte wirklich, wir hätten so etwas nicht nötig.

21.00 Uhr

Kann mich einfach nicht auf meine Mathehausaufgaben konzentrieren. Tinkler wird ausrasten, wenn er morgen meine schwachen Bemühungen sieht. Hoffentlich ist die Heizung immer noch außer Betrieb.

Mittwoch, 4. März

8.45 Uhr

Als ich aufwachte, hing eine schwarze Wolke über mir. Sie folgte mir bis zur Schule, wo die Heizung leider wieder funktionierte.

11.30 Uhr

Habe gerade etwas wirklich Schlimmes getan. Bereite dich auf einen ordentlichen Schock vor.

Ich saß in Mrs Byrnes Unterricht und dachte daran, wen wir als Nächstes hatten (Tinkler) und wie schrecklich die Mathestunde werden würde. Da wurde mir plötzlich furchtbar schlecht. Ich entschuldigte mich und rannte aufs Klo, doch es kam nichts heraus – falls du verstehst, was ich meine.

Mir war immer noch schlecht, aber ich war auch irgendwie aufgedreht. Also lief ich im Flur auf und ab, der abgesehen von mir völlig leer war. Ich muss jetzt zurück in Mrs Byrnes Unterricht gehen, dachte ich. Aber ich tat es nicht.

Plötzlich fiel mein Blick auf etwas, das ich schon tausendmal vorher gesehen hatte. Im Grunde genommen muss ich jeden Tag daran vorbeigelaufen sein.

Der Feuermelder.

Ich starrte ihn eine Weile mit großem Interesse an. Dann versetzte ich ihm einen kleinen Stoß. Ich kann förmlich hören, wie du nach Luft schnappst. Aber ich fürchte, es kommt noch viel schlimmer.

Ehe ich mich versah, hämmerte ich mit der Faust gegen das Glas. Doch es wollte einfach nicht zerbrechen. Statt aufzugeben, zog ich meinen Schuh aus und schlug ihn wild entschlossen gegen die Scheibe. Das brachte endlich den gewünschten Erfolg. Ein durchdringendes Heulen ertönte und mir platzte fast das Trommelfell.

Aber ich konnte mich nicht von der Stelle bewegen. Ich stand vor lauter Schreck wie festgewachsen im Flur. Dann sah ich Miranda – ich glaube, sie kam gerade erst zum Unterricht.

»Warst du das?«, fragte sie etwas außer Atem.

»Ich fürchte ja«, antwortete ich mit vor Entsetzen heiserer Stimme. »Irgendwelche Vorschläge, was ich jetzt tun soll?«

»Zieh deinen Schuh wieder an«, sagte sie. »Und dann lauf so schnell du kannst.«

Ich befolgte diese beiden ausgezeichneten Ratschläge – und zwar gerade noch rechtzeitig. Wenige Sekunden später stürzten Schüler aus allen Klassenräumen und schwatzten aufgeregt darüber, welche Stunde sie gerade verpassten.

»Du hast Hunderte von Schülern vor einem grauen und freudlosen Tag gerettet. Gut gemacht!«, zischte Miranda.

Der Direktor war nicht ganz so begeistert. Er schrie uns durch ein Megafon auf dem Sportplatz hinter der Schule an, ließ sich stundenlang darüber aus, wie viel Zeit wir verschwendet hätten, und verschwendete damit nur noch mehr Zeit.

Mr Tinklers Stunde fiel komplett aus. Hurra! Jetzt ist Mittagspause und alle reden immer noch über den Feueralarm. Natürlich fragt sich jeder, wer ihn ausgelöst hat. Niemand wird je auf die Idee kommen, mich zu verdächtigen. Ich kann es selbst immer noch nicht glauben.

Ich weiß, was dir jetzt durch den Kopf geht. Was zum Teufel ist aus meiner außergewöhnlichen Reife geworden? Das habe ich mich auch gefragt. Aber für einen kurzen Moment schien sie einfach dahinzuschmelzen wie Schnee in der Sonne.

16.30 Uhr

Heute Nachmittag wurde Miranda zum Direktor gerufen. Sie war ewig lange weg.

»Wollte er dich wegen des Feueralarms sprechen?«, fragte ich sie hinterher.

»Diese bösartige, sauertöpfische Schnüfflerin von einer Sekretärin hat mich ins Schulgebäude gehen sehen, kurz bevor der Alarm losging. Und sie musste natürlich sofort zum alten Herrn Arterienverkalkung rennen und ihm alles brühwarm erzählen. Aber sie haben nur Indizien gegen mich in der Hand. Keinen einzigen Beweis.«

»Soll ich mich stellen?«

Sie warf den Kopf in den Nacken und lachte. »Warum hast du es eigentlich getan?«, fragte sie dann.

»Damit Mr Tinklers Stunde ausfällt, schätze ich. Aber ich wollte nicht …« Ich zögerte.

»Sprich weiter.« Sie sah mich an, als würde es sie wirklich interessieren.

»Na ja, ich hatte einfach diesen merkwürdigen Drang, der mich für einen Moment total überrollt hat.«

»Ist es das Schlimmste, was du je getan hast?«

»Oh ja, auf jeden Fall.«

»Was war das Zweitschlimmste?«

Ich strengte mich wirklich an, aber mir fiel einfach nichts ein. Schließlich sagte ich halb im Scherz: »Ich hab mal das Flurlicht die ganze Nacht brennen lassen.«

»Du bist eben einfach ein total wilder und verrückter Typ, stimmt's?« Sie schlenderte davon, kam aber noch mal zurück. »Ist Wie-heißt-sie-noch-gleich schon abgehauen?«

»Cheryl?«

»Genau.«

»Nein. Der Mann war gar nicht ihr Liebhaber. Er war ihr Bruder.«

»Tja, das konntest du nun wirklich nicht wissen. Mach nicht so ein ängstliches Gesicht«, fügte sie hinzu. »Du kannst stolz auf dich sein! Zum ersten Mal in deinem Leben hast du etwas Interessantes getan.«

Das war ein typisches Miranda-Kompliment. Ein Lob, das gleichzeitig eine ziemliche Beleidigung war. Natürlich bin ich kein bisschen stolz auf mich. Ich fühle mich schrecklich, weil mich meine Reife so im Stich gelassen hat.

Aber wenigstens weiß ich jetzt, wie es ist, sich nicht an die Schulordnung zu halten. Ich schätze, ich habe heute eine Erfahrung fürs Leben gemacht.

Donnerstag, 5. März

9.30 Uhr

Der Direktor hat alle Schüler zu einer außergewöhnlichen Schulversammlung einberufen. Er hielt uns einen langen Vortrag darüber, wie enttäuscht er von unserem Verhalten in diesem Schuljahr sei.

»Halt einfach die Klappe und sieh dir die Radieschen von unten an«, murmelte Miranda, die zu meiner Überraschung neben mir saß.

Dann sprach er über den Feueralarm. Er sagte, er wisse, wer der Schuldige sei. Mir stockte der Atem. Aber der Übeltäter solle heute Morgen aus freien Stücken nach vorn kommen.

»Selbst wenn er vorher keine Ahnung hatte, jetzt weiß er garantiert Bescheid«, flüsterte Miranda mir zu. »Schau dich nur mal an, du siehst aus wie eine schwitzende Tomate.«

»Tut mir leid«, zischte ich zurück. »Ich bin es nun mal nicht gewohnt, etwas Verbotenes zu tun. Und er kann einem echt Angst einjagen.«

»Da sind ja sogar meine Nasenpopel angsteinflößender«, spottete Miranda verächtlich. »Außerdem blufft er nur. Wenn du zugibst, dass du es warst, bringe ich dich um. Das ist ein Versprechen.«

Also stellte ich mich nicht der Gerechtigkeit. Ich frage mich allerdings immer noch, ob ich es nicht besser hätte tun sollen. Und blufft der Direktor wirklich nur? Kann mir im Moment einfach keinen Reim darauf machen.

21.30 Uhr

Cheryl hat in der Küche alles umgeräumt. Ich finde nichts mehr wieder. Natürlich hat sie sich nicht die Mühe gemacht, mich nach meiner Meinung zu fragen. Und Dad ist total begeistert von Cheryls Neuerungen.

Wenn sie noch einmal »Ich mag freie Arbeitsflächen« sagt, werde ich fünf Stunden lang ununterbrochen schreien. In ihrem Haus kann sie von mir aus tun, was sie will, aber warum muss sie uns mit all ihren dummen, kleinen Regeln nerven? Und wann verschwindet sie endlich wieder? Wenn ich Dad danach frage, tut er so, als hätte ich etwas sehr Unhöfliches gesagt.

Also rief ich Oma an, und sie versprach mir, mehr herauszufinden. Etwas später stürmte Dad in mein Zimmer. »Musst du ständig bei Oma anrufen und ihr irgendwelche Märchen erzählen?«

»Ich hab sie lediglich auf den neuesten Stand gebracht.«

»Mir wäre es lieber, du würdest das lassen.«

»Zensiert du jetzt etwa meine Telefonate?«

Die Worte schlüpften einfach so aus meinem Mund. Dad zuckte zusammen. »Natürlich nicht … aber es ist wirklich keine große Hilfe.«

»Für mich schon. Außerdem sprichst du doch auch mit Cheryl über mich. Ich hab euch gehört. Du verteidigst mich noch nicht mal, sondern lässt sie einfach alle möglichen Sachen über mich sagen …«

»Cheryl hat doch nur darauf hingewiesen, dass …«

»Cheryl hasst mich.«

»Natürlich tut sie das nicht.«

»Natürlich tut sie das doch.«

Dad sah mich mit einer Mischung aus Wut und Verwirrung an. »Ich weiß wirklich nicht, was in letzter Zeit mit dir los ist.«

Da sind wir schon zwei.

Freitag, 6. März

»Was machst du morgen Nachmittag so gegen vier?«, fragte mich Miranda heute nach der Schule.

»Nichts Besonderes«, murmelte ich.

»Dann treffen wir uns im Stadtpark. Ich muss etwas mit dir besprechen.«

»Geht es um den Feueralarm?«, fragte ich.

»Irgendwie schon«, sagte sie. »Aber irgendwie auch wieder nicht. Bis morgen!«

Bin jetzt total durcheinander. Aber wenigstens lenkt mich das ein bisschen ab. Genau genommen kann ich gerade an nichts anderes denken.

MIRANDA JONES

Tante Prue
Kummerkasten-Seite
COOL!
Williams Terrace
London

Freitag, 6. März

Hallo, Tante Prue,

ja, ich bin es wieder. Ich wollte Dir nur sagen, dass Deine Ratschläge gar nicht so unbrauchbar sind, wie ich dachte.

Du hast geschrieben, ich soll mit Archie reden. Ich habe Deinen Rat befolgt und ich lebe noch. Archie hat letzten Freitag etwas getan, das ihn in einem völlig neuen Licht erscheinen lässt. Er hat den Feueralarm in der Schule ausgelöst. Hinterher sah er aus, als würde er vor lauter Schreck gleich in Ohnmacht fallen. Er wollte alles zugeben. Das habe ich ihm natürlich erst mal ausgeredet. Aber er macht immer noch einen völlig verwirrten Eindruck.

Mir ist klar geworden, dass er tatsächlich eine Menge Hilfe braucht. Aber unter seiner schleimigen Oberfläche könnte jemand stecken, der sehr vielversprechend ist.

Darum werde ich ihm helfen.

Ich entwickle gerade einen Schlachtplan, der Archies Persönlichkeit komplett verändern wird.

Du hast recht gehabt, Tante Prue, man darf Menschen niemals aufgeben. Stattdessen sollte man versuchen, sie zu fördern. Und genau das werde ich tun.

Hochachtungsvoll

Miranda (Deckname: Unruhestifterin)

Siebtes Kapitel

Samstag, 7. März

Gerade hat sich im Stadtpark etwas wirklich Außergewöhnliches ereignet.

Folgendes ist passiert:

Es war einer dieser furchtbar grauen Tage, und gegen vier Uhr war der Himmel fast so dunkel, als wäre die Dämmerung bereits hereingebrochen. Miranda war schon da und saß auf einer Schaukel. Sie trug eine Bomberjacke mit hochgezogenem Reißverschluss. Neben ihr lagen zwei Hunde. Der West Highland Terrier sprang auf, als ich näher kam, und knurrte leise. Aber der andere Hund, ein Labrador, zuckte kaum mit der Schnauze.

»Tja, hier bin ich«, sagte ich. »Sind das deine Hunde?«

»Allerdings. Das ist Kelly«, sie zeigte auf den Westie, »und das Sparky. Es sind beides Streuner, die ich bei mir aufgenommen habe. Sie sind wirklich toll.« Sie sprang von der Schaukel. »Okay, kommen wir zum Geschäft.« Wir setzten uns ins Gras. »Du kannst ruhig näher kommen«, sagte sie. »Ich beiße nicht.«

Ich lachte nervös. Ich hatte noch nie zuvor neben einem Mädchen im Gras gesessen und war mir nicht ganz sicher, wie so etwas ablief. Ich rückte näher heran und lächelte hoffnungsvoll.

»Bis Mittwoch früh dachte ich, du wärst wahrscheinlich…«, begann sie.

»Der nervigste Junge auf dem Antlitz dieses Planeten«, ergänzte ich. »Warum hast du diesen Brief geschrieben?«

»Weil du total ätzend warst und alle verrückt gemacht hast«, sagte sie energisch.

»Aha, verstehe«, erwiderte ich.

»Das bezweifle ich.« Sie lehnte sich vor. »Alle Erwachsenen haben nur ein Ziel. Sie wollen, dass wir so werden wie sie. Und es gibt Kinder, die sich nicht dagegen wehren.« Ihr Mund kräuselte sich verächtlich. »Sie wurden zu der Ansicht verleitet, Erwachsene hätten immer recht, und verleugnen ihr wahres Ich, nur damit die Erwachsenen sie mögen. Der Fachausdruck für solche Leute lautet ›Streber‹. Aber das weißt du ja bereits.«

»Allerdings«, sagte ich bitter. »›Streber‹ ist mein zweiter Vorname.«

Sie sah mich neugierig an. »Und das gefällt dir nicht.«

»Natürlich nicht.«

Ein leichtes Lächeln blitzte auf ihrem Gesicht auf. »Gut. Du bist zwar ein besonders schwerer Fall, doch du bist nicht der einzige Streber an unserer Schule. Viele Kinder sind heimliche Streber.«

»Aber du könntest nie einer sein«, sagte ich.

Allein bei dem Gedanken musste sie grinsen. »Oh nein. Ich

weiß, dass Erwachsene nichts Besonderes sind. Im Grunde genommen sind sie genau wie wir, nur wesentlich schlechter gekleidet. Ich hab sie durchschaut, darum nennen sie mich eine ›Unruhestifterin‹. Nicht, dass es mir etwas ausmachen würde. Ich bin tausendmal lieber eine Unruhestifterin als eine Streberin. Und du kannst nur das eine oder das andere sein. Mir hat es übrigens wirklich gefallen, wie du den Feueralarm ausgelöst hast.«

Ich wusste nicht, was ich darauf sagen sollte, darum hüstelte ich nur bescheiden.

»Ich hatte dich schon als hoffnungslosen Streber abgeschrieben, aber dann kam zum ersten Mal eine andere Seite von dir zum Vorschein. Ich würde sagen, du hast eine Menge ungenutztes Potenzial.«

»Vielen Dank.«

Plötzlich sah sie mich direkt an. »Du bist im Moment nicht besonders glücklich, stimmt's?«

Ich zuckte zusammen. »Nein, bin ich nicht.«

»Du warst dein ganzes Leben ein Streber, und was hat es dir gebracht? Ich denke, es ist an der Zeit, ehrlich zu dir selbst zu sein, dein wahres Ich zu entdecken und ein Unruhestifter zu werden. Ich kann dir dabei helfen.«

»Aber warum solltest du das tun?«, fragte ich.

»Weil ich eigentlich ein sehr hilfsbereiter Mensch bin … das fällt nur nie jemandem auf. Und jetzt hör zu: Wenn du am Montag in die Schule kommst und deine beiden obersten Hemdknöpfe geöffnet sind, weiß ich, dass du dich ändern willst. Dann legen wir los. Sind die Knöpfe zu, werde ich dich nicht noch einmal belästigen.« Sie sprang auf. »Es ist ganz allein deine Entscheidung.« Dann ging sie gemessenen Schrittes davon, während die beiden Hunde neben ihr hersprangen.

»Vielen Dank für dein Interesse!«, rief ich ihr nach. Ich war mir nicht sicher, ob das die richtigen Worte waren. Aber sie drehte sich nicht um, also hatte sie mich vielleicht gar nicht gehört.

In meinem Kopf herrscht immer noch totales Chaos. Ich fühle mich, als wäre soeben ein großer Suchscheinwerfer auf mein Leben gerichtet worden.

20.30 Uhr

Dad und Cheryl sind heute Abend ausgegangen. Sie hatten sich fein gemacht, und als ich sie ansah, musste ich plötzlich an Mirandas Worte denken: »Erwachsene sind genau wie wir – nur wesentlich schlechter gekleidet.« Ich prustete los.

Früher hätte Dad mir zugegrinst und gefragt: »Was ist so lustig?« Heute schaute er mich nur mit einem seltsamen Blick an (der fast so aussah wie die Blicke, die Cheryl mir immer zuwirft). Unsere Verbundenheit löst sich allmählich in nichts auf.

Sonntag, 8. März

17.00 Uhr

Saß heute Nachmittag unten im Wohnzimmer. Eine halbe Ewigkeit sagten weder Dad noch ich ein Wort. Das Schweigen war so zäh wie Kaugummi. Eine Bemerkung von Miranda geht mir ständig im Kopf herum: »Du warst dein ganzes Leben lang ein Streber, und was hat es dir gebracht?« Suche immer noch nach einer Antwort auf diese Frage.

21.30 Uhr

Mir ist gerade etwas klar geworden. Ich habe die Nase gestrichen voll davon, mich reif und erwachsen zu verhalten. Außerdem glaube ich, es ist Zeit für eine tief greifende Veränderung in meinem Leben.

Darum werde ich morgen *meine beiden obersten Hemdknöpfe offen tragen.* Dann warte ich einfach ab. Bin gespannt, was als Nächstes passiert.

Montag, 9. März

Heute Morgen wich ich von einer lebenslangen Gewohnheit ab und öffnete meine obersten Hemdknöpfe. Erst fühlte es sich total komisch und schlampig an, aber dann gewöhnte ich mich schnell daran.

Miranda wartete am Schultor auf mich. Sie nickte beifällig. »Gut gemacht! Du hast soeben ein erstes wichtiges Zeichen gegen die Unterdrückung durch die Erwachsenen gesetzt. Und jetzt gebe ich dir noch einen Tipp: Wer einen Regenschirm dabei hat, ist ein Loser.«

»Das wusste ich nicht.«

»Tja, aber alle anderen wissen es. Also sieh zu, dass du das Ding loswirst. Und wirf diesen Schal in die Mülltonne.«

»Oh nein, das kann ich nicht«, protestierte ich. »Meine Oma hat ihn für mich gestrickt.«

»Hat sie was gegen dich?«

»Nein«, fing ich an. Dann wurde mir klar, dass das wieder einer von Mirandas Witzen war.

»Steck das Teil ganz hinten in deinen Schrank. Es ist so hässlich, da gefriert einem ja glatt das Blut in den Adern. Und die Zeitung würde ich auch wegschmeißen.«

Anschließend verkündete Miranda, sie hätte für morgen noch eine kleine Aufgabe für mich. »Du sollst deine Schuluniform etwas individueller gestalten. Du könntest dir zum Beispiel die Krawatte um den Kopf binden.«

Ein Ausdruck puren Entsetzens erschien auf meinem Gesicht.

»Das war nur so eine Idee«, sagte Miranda. »Überleg dir einfach etwas, das ein bisschen persönlich ist und zeigt, dass du dich nicht um die Regeln der Erwachsenen scherst. Ich hoffe, du enttäuschst mich nicht!« Mit diesen Worten verschwand sie.

Seitdem überlege ich die ganze Zeit, was ich machen könnte.

Dienstag, 10. März

Heute Morgen bin ich ohne Schirm und Zeitung zur Schule gegangen. Ich war mir nicht sicher, ob ich es schaffen würde, meinen grauen Schal zu Hause zu lassen. Er ist wie ein Teil von mir. Aber schließlich warf ich ihn in eine Schublade. Ich schloss dabei die Augen, weil ich es nicht ertragen konnte, diese grausame Handlung mitanzusehen. Jetzt würde Miranda merken, wie wichtig es mir war, ein »Nicht-Streber« zu werden.

Außerdem trug ich meine Jacke mit der Innenseite nach außen. Ich fand das ziemlich originell. Genauso wie Miranda, die am Schultor auf mich wartete. »Jetzt hast du bewiesen, dass du ein Individuum bist«, sagte sie.

Das gefiel mir sehr. »Und was passiert als Nächstes?«, fragte ich.

»Ich werde bald wieder mit dir in Kontakt treten«, lautete Mirandas geheimnisvolle Antwort. Sie fügte noch hinzu: »Erzähl niemandem, was wir hier tun. Im Moment ist es besser, die Sache geheim zu halten.«

Ich freue mich schon auf meine nächste Aufgabe. Und ich bin so zufrieden mit mir wie schon seit Wochen nicht mehr. Ich wusste gar nicht, wie sehr es einen aufmuntert, seine Jacke mit der Innenseite nach außen zu tragen.

Mittwoch, 11. März

Gestern musste Mr Tinkler früher gehen, weil er sich nicht wohlfühlte.

»Hoffentlich ist es etwas Ernstes«, sagte Miranda.

Heute war er wieder da, hatte aber immer noch einen schlimmen Husten. Und seine Augen sahen sehr rot und müde aus. Er gab uns die Mathehausaufgaben zurück. Ich hatte eine Vier. Darunter stand in großen Buchstaben: »RÜCKSPRACHE ERBETEN«. Aber Mr Tinkler vergaß die Rücksprache. Und ich habe nicht die Absicht, ihn daran zu erinnern.

Heute Abend fragte mich Eliza spöttisch, warum ich meine Jacke mit der Innenseite nach außen tragen würde. Ich warf ihr einen verächtlichen Blick zu (den ich mir bei Miranda abgeguckt habe, sie ist darin eine absolute Expertin) und sagte: »Was für eine langweilige Frage!« Dann lachte ich.

Ein Unruhestifter zu sein, gibt einem wirklich jede Menge Selbstvertrauen.

Donnerstag, 12. März

Habe heute meine erste richtige Aufgabe bewältigt.

»Los, komm schnell, solange keine Lehrer in der Nähe sind«, zischte mir Miranda in der Mittagspause zu.

»Wohin gehen wir?«

»Zu Tinklers Klassenraum. Beeil dich!«

Wir flitzten den Flur entlang. Miranda verkündete, wir würden Tinklers Klassenraum ein wenig umräumen. Ich wollte wissen, wozu das gut sein sollte. »Psychospielchen, Archie«, antwortete sie.

Wir schoben Mr Tinklers Pult ganz nach hinten. Dann verstellten wir auch die anderen Tische. Wir arbeiteten sehr schnell und effizient. »Das wird ihn aus der Fassung bringen«, sagte Miranda.

Und das tat es.

Er schaute sich mit offenem Mund in der Klasse um und sah aus wie eine Bauchrednerpuppe. »Mein Pult … wie ist es dahin gekommen?«

Dreißig Gesichter starrten ihn verständnislos an.

»Nichts heitert mich so sehr auf wie ein bisschen Chaos«, sagte Miranda hinterher und zwinkerte mir zu.

Freitag, 13. März

Heute sagte Miranda in der Pause zu mir: »Mrs Rivers ist nachher in Geschichte nicht da. Sie wird von einem Aushilfslehrer vertreten, also hauen wir ab.«

»Wir hauen ab?«, wiederholte ich. »Du meinst, wir schwänzen den Unterricht?«

»Nicht so laut! Allerdings, genau das werden wir tun.«

Ich starrte Miranda an. Sie hatte mich total überrumpelt. »Vielen Dank für das Angebot, aber ich weiß nicht, ob ich da mitmachen kann.«

»Natürlich kannst du das. Du wirst sehen, es ist ein Kinderspiel. Außerdem ist das ein wichtiger Teil deiner Ausbildung. Folge mir einfach.«

Sie führte mich zur Vorderseite der Schule und erklärte, alle Sekretärinnen würden gerade Kaffee trinken, weshalb es ein guter Zeitpunkt für uns sei, in die Freiheit zu verschwinden. Ich sollte als Erster gehen. Miranda schärfte mir ein, selbstsicher und entspannt zu sein.

»Wenn dich jemand aufhalten will, sag einfach, du hättest akuten Durchfall«, fügte sie hinzu.

»Wie bitte?« Ich lachte.

»Nein, ganz ehrlich, die meisten Leute ergreifen sofort die Flucht, wenn du ihnen das erzählst.«

Ausgerüstet mit diesen Tipps machte ich mich mit zitternden Knien auf den Weg.

»Halt, stopp!«, zischte Miranda. »Du läufst ja wie ein Zombie. Hier, guck mich an.«

Sie schlenderte aus dem Schultor und platzte dabei fast vor Selbstvertrauen. Mir war klar, dass ich es mit einem echten Profi zu tun hatte. Dann war ich wieder an der Reihe.

Erst hatte ich eine leichte Panikattacke. Aber dann stürmte ich einfach mit gesenktem Kopf vorwärts. Es sah eher so aus, als wollte ich beim Rugby punkten.

»Das üben wir noch«, sagte Miranda hinterher.

Wir gingen die Straße hinunter zu ein paar Geschäften. Vor

lauter Aufregung drehte sich mir fast der Magen um. Ich bemerkte einige Frauen, die uns anstarrten.

»Vermeide jeden Augenkontakt mit den alten Spinatwachteln«, wies mich Miranda an. »Schau einfach nur stur geradeaus.«

Das war schwieriger, als es sich anhörte. Außerdem sausten ständig Autos vorbei, und ich war mir sicher, dass mir mein schlechtes Gewissen ins Gesicht geschrieben stand.

Als wir das Wartehäuschen der Bushaltestelle erreichten, wo wir uns verstecken wollten, ging mein Atem plötzlich sehr schnell.

»Sieh dich nur mal an!«, sagte Miranda verächtlich.

»Es ist das erste Mal für mich«, keuchte ich.

»Dreizehn Jahre alt und noch nie den Unterricht geschwänzt.« Miranda verdrehte die Augen.

»Noch nicht ganz dreizehn«, stammelte ich.

»Na ja, immerhin hast du es jetzt getan. Ich finde übrigens, Schüler sollten die Schule betreten und verlassen dürfen, wann immer es ihnen gefällt. Das sollte ihr gutes Recht sein. Wir sind schließlich keine Gefangenen oder so was. Unser einziges Verbrechen ist unsere Jugend.«

Dann ging sie los, um uns Schokolade zu kaufen. Wir saßen im Wartehäuschen und mampften vor uns hin, während sie mich über mein Familienleben ausfragte.

»Weißt du, was du mit Cheryl machen solltest? Spiel ein paar Psychospielchen mit ihr. Stell ihre Parfümflasche in den Kühlschrank, leugne alles und behaupte, sie wird langsam verrückt. Dein größtes Problem ist, dass du glaubst, mit allen Erwachsenen gut Freund sein zu müssen. Dabei ist es ganz normal, sich mit ihnen zu streiten. Ich streite mich fast jeden Tag mit meiner Mutter.«

»Ehrlich?«

»Na klar. Meistens geht es um völlig blöde Sachen. Gestern zum Beispiel hab ich ein Handtuch auf dem Badezimmerboden liegen gelassen, und sie hat so getan, als wäre es das Ende der Welt. Sie hörte gar nicht mehr auf, mir deswegen die Ohren vollzujammern. Schließlich sagte ich: ›Hör mal, Mum, entweder du erzählst mir jetzt etwas Neues oder du lässt mich in Ruhe.‹«

Auf dem Rückweg warnte mich Miranda: »Der Augenblick, in dem du durch das Tor zurück auf den Schulhof gehst, ist der gefährlichste. Aber du weißt ja, was du sagen musst.«

»Akuter Durchfall.«

»Hier ist noch eine extra Absicherung.« Sie gab mir ein Stück Papier. »Mit einem Blatt Papier in der Hand hält dich fast nie jemand auf – besonders, wenn du es auf die richtige Art und Weise hältst.« Miranda brachte mir schnell bei, wie das ging.

Als ich durch das Tor marschierte, kam mir der Hausmeister entgegen. Meine Knie wurden weich – aber nur kurz. Dann schwenkte ich mein Blatt Papier, genau so, wie Miranda es mir gezeigt hatte. Der Hausmeister warf mir einen kurzen Blick zu. Die Worte »akuter Durchfall« formten sich schon auf meinen Lippen. Aber er spazierte einfach an mir vorbei.

Ich hatte es geschafft! Ich freute mich wahnsinnig. Genauso wie Miranda. »Du bist längst nicht so ein hoffnungsloser Fall, wie ich befürchtet hatte«, sagte sie.

Ich habe das Gefühl, heute unheimlich viel gelernt zu haben.

Samstag, 14. März

16.00 Uhr

Miranda war total entsetzt, als ich ihr sagte, ich hätte kein Handy. Ihrer Meinung nach lebe ich in der Steinzeit, was neue Technologien betrifft. Also hob ich heute Nachmittag ein bisschen Geld von meinem Sparkonto ab und kaufte mir eins.

Ich rief Miranda an, erzählte es ihr und bedankte mich dafür, dass sie mir gestern das Schwänzen beigebracht hat.

Ein echter Meilenstein in meinem Leben.

18.30 Uhr

Habe gerade mit meinem Handy bei Oma angerufen und lange mit ihr gequatscht. Ich trug dabei die ganze Zeit meinen Schal. Sie hat Ewigkeiten gebraucht, um ihn zu stricken, und ich habe immer noch ein schlechtes Gewissen, weil er jetzt ganz hinten in meinen Schrank verbannt worden ist.

Heute ist Omas Geburtstag, und das gefiel ihr gar nicht. »Ich werde jetzt rasend schnell alt, Archie.« Aber meine Karte und das Badesalz haben sie aufgemuntert. Außerdem hatte ich ihr Blumen geschickt. Oma hat sie in einer Vase auf den Tisch neben ein großes Foto von Mum und mir gestellt.

Oma will mich so bald wie möglich wiedersehen. Ich wollte sie schon mal ein bisschen vorbereiten und sagte: »Mach dich auf ein paar Veränderungen gefasst.«

»Bist du gewachsen, mein Schatz?«, fragte sie.

Doch dies war nicht der richtige Moment, um ihr zu erzählen, dass ich mich gerade zu einem erstklassigen Unruhestifter ausbilden lasse. Also verkündete ich nur: »Oma, ich bin jetzt kein Streber mehr.«

»Was ist denn ein Streber, mein Schatz?«
»Jemand, der immer tut, was man ihm sagt.«
»Na dann, herzlichen Glückwunsch«, sagte sie.

Achtes Kapitel

Sonntag, 15. März
11.30 Uhr

Es war ein eiskalter Morgen. Eiszapfen hingen von der Regenrinne. Durch unser Haus schien ein eisiger Wind zu wehen.

Erinnerst du dich noch an die Porzellanfiguren im Flur? Die Eliza mit meinem Fußball heruntergeworfen hatte? Dad hat sie immer gemocht. Aber heute verkündete er aus heiterem Himmel, das Regal würde überladen aussehen und ich sollte die meisten Figuren wegräumen. Ich war völlig verblüfft. Dann sah ich Cheryl im Hintergrund auf der Lauer liegen, und mir wurde klar, wessen Idee das gewesen war.

»Warum musst du immer alles tun, was sie sagt?«, rief ich.

»Du brauchst nicht so zu schreien«, sagte Dad müde. »Das war lediglich eine einfache Anweisung …«

»… von Cheryl«, unterbrach ich ihn.

Dad murmelte ärgerlich etwas vor sich hin. Cheryl sagte nichts, aber ihre Augenbrauen waren so weit hochgezogen, dass sie fast die Zimmerdecke berührten.

»Warum machen wir Cheryl nicht richtig glücklich und lassen alle Porzellanfiguren verschwinden?«, rief ich. »Und mich gleich mit!«

Dann stürmte ich nach oben.

Eine halbe Stunde später kam Dad in mein Zimmer. Er hatte eine Tasse Tee in der Hand und knallte sie auf den Tisch. »Ich finde, du solltest dich bei Cheryl entschuldigen.«

»Ich nicht.«

»Warum sträubst du dich gegen jede kleine Veränderung, die Cheryl vorschlägt?«

Ich sah ihn nur an, ohne zu blinzeln – ein Blick, den ich mir bei Miranda abgeguckt hatte.

»Wir fänden es schön, wenn du uns ein bisschen entgegenkommen würdest.«

»Wir« – warum sagte er jetzt immer »wir«? Ich antwortete nicht, sondern starrte ihn nur weiter an. Plötzlich schrie er: »Du hast hier im Haus nicht das Sagen, damit das klar ist!«

»Ich weiß. Cheryl hat jetzt das Sagen.«

Das tat weh. Und das sollte es auch.

Ohne ein weiteres Wort verließ Dad mein Zimmer und ließ mich einfach so stehen.

20.30 Uhr

Bin nach unten gegangen. Die Porzellanfiguren standen noch auf dem Regal. Dad hing niedergeschlagen in seinem Sessel und ich bekam leichte Gewissensbisse.

Sollte ich ihm ein Friedensangebot machen und doch noch ein paar Figuren wegräumen?

Ich fragte Miranda um Rat.

»Bist du verrückt?«, rief sie. »Wenn du das machst, hat Cheryl gewonnen. Außerdem tun Eltern nichts lieber, als einem ein schlechtes Gewissen zu machen. Das ist sozusagen ihr Lebensinhalt. Meine Mutter versucht diese Nummer ständig. Du musst wirklich aufpassen!«

Ich war dankbar für die Warnung und werde heute Abend keine weiteren Kommunikationsversuche unternehmen. Ich gehe einfach früh ins Bett und lese *Der Unsichtbare* von H. G. Wells zu Ende.

Ich frage mich, wie meine nächste Aufgabe aussehen wird. Bin vor Aufregung schon ganz kribbelig.

Montag, 16. März

Jedes Mal, wenn Tinkler etwas sagt, erscheint ein leichtes Lächeln auf Mirandas Lippen. Das ist wieder eins ihrer Psychospielchen, und offenbar funktioniert es. Mr Tinkler war heute ausgesprochen schlecht gelaunt.

Plötzlich fragte er Miranda, warum sie Armbänder in der Schule tragen würde. »Wie du weißt, ist das nicht erlaubt.«

Das stimmt. Aber seit ich auf diese Schule gehe, trägt Miranda jeden Tag ihre Armbänder an den Handgelenken, und bisher hat sie noch nie ein Lehrer deswegen zur Rede gestellt.

Sogar Miranda war ein wenig schockiert. »Ich kann dem Unterricht mit Armbändern genauso gut folgen wie ohne«, sagte sie. »Wo ist also das Problem?«

»Wenn du sie morgen wieder trägst, werde ich sie beschlagnahmen!«, rief er.

Hinterher sagte Miranda: »Warum versuchen Erwachsene

immer, uns ihre dummen, kleinen Regeln aufzuzwingen? Wenn ich erwachsen bin, werde ich einen Graffiti-Park eröffnen. Dort können die Leute Graffiti sprühen, wo immer sie wollen. Graffiti sind sowieso total cool. Und es wird keine blöden Regeln für was auch immer geben …«

Sie schwafelte noch eine halbe Ewigkeit weiter.

»Trägst du die Armbänder morgen?«, fragte ich schließlich.

»Natürlich. Tinkler hat mir keinen einzigen Grund genannt, warum ich es nicht tun sollte.«

»Wieso nimmst du sie nicht einfach in Tinklers Unterricht ab?«, schlug ich vor. »In den restlichen Stunden kannst du sie ja trotzdem tragen.«

»Ich werde nichts dergleichen tun«, gab sie wütend zurück.

Sie ist wirklich kompromisslos mutig.

Dienstag, 17. März

18.00 Uhr

Als Miranda heute zur Schule kam, ließ sie ihre Armbänder trotzig klimpern. Sie war bereit zum Kampf. Wir hatten Mr Tinkler gleich in der ersten Stunde und alle setzten sich schnell hin.

Tinkler rauschte herein und begann, sehr energisch die Tafel zu wischen. Es war, als würde man jemandem zusehen, der vor einem wichtigen Spiel zum Aufwärmen Liegestütze macht.

Dann drehte er sich zu uns um und bewegte seinen Kopf hin und her, so wie es Boxer tun, kurz bevor sie in den Ring treten. Schließlich sah er Miranda an und zeigte mit zitternden Fingern auf ihre Armbänder. »Was habe ich dir gestern gesagt?«

»Helfen Sie mir auf die Sprünge«, forderte sie ihn mit einem frechen Grinsen auf.

»Ich sagte, ich würde die Armbänder beschlagnahmen, wenn du sie noch einmal in der Schule trägst.«

»Stimmt.« Miranda sprach gefährlich leise. »Aber ich habe keine Ahnung, warum. Was haben sie Ihnen denn getan? Es sind doch nur zwei unschuldige Armbänder.«

»Ich werde nicht mit dir darüber diskutieren«, rief Mr Tinkler. »Gib mir sofort die Armbänder!«

»Ich glaube wirklich nicht, dass sie Ihnen stehen«, säuselte Miranda.

Ersticktes Kichern ertönte, das aber nach einem wütenden Blick von Mr Tinkler schnell wieder verstummte. »Entweder gibst du mir jetzt die Armbänder oder du gehst zum Direktor. Er ist in dieser Angelegenheit völlig meiner Meinung und wird sie dir eigenhändig abnehmen. Was ist dir lieber?«

Es folgte eine lange Pause. Nur Mr Tinklers leises Schmatzen war zu hören, während er an seinem Schnurrbart saugte. Dann begann Miranda ganz langsam, das erste Armband abzunehmen. Die anderen seufzten enttäuscht. Die Klasse hatte mehr Widerstand von Miranda erwartet.

»Ich werde diese Armbänder eine Woche lang beschlagnahmen«, verkündete Mr Tinkler und schloss sie in seiner Schreibtischschublade ein. Miranda sagte kein Wort, aber in ihren Augen erschien ein merkwürdiges Funkeln. Später erzählte sie mir (und nur mir) von ihrem Plan.

»Ich schleiche heute Abend zurück in die Schule, knacke dieses armselige Schloss und hole mir mein Eigentum zurück.«

»Aber dann weiß er doch sofort, dass du es warst!«, rief ich.

»Natürlich weiß er das«, sagte Miranda. »Vor allem, wenn ich die Armbänder morgen in seinem Unterricht trage.«

»Das würdest du tun?«, keuchte ich.

»Na klar.«

Es war wie ein Krieg zwischen den beiden – keiner konnte es sich leisten zu verlieren.

»Und du kommst mit und stehst Schmiere«, fuhr Miranda fort. »Hey, warum machst du ein Gesicht, als hätte dir gerade jemand vor die Füße gekotzt?«

»Das tue ich doch gar nicht«, sagte ich schnell. »Ich musste nur etwas schlucken, weil ich noch nie Schmiere gestanden habe.«

»Das kriegst du schon hin. Wir müssen uns schließlich bloß an einem verschlafenen Hausmeister vorbeischleichen.«

In einer halben Stunde soll ich mich mit Miranda treffen. Mein Leben ist in letzter Zeit wirklich sehr ereignisreich!

21.00 Uhr

Muss dir etwas furchtbar Peinliches erzählen.

Um halb sieben traf ich mich mit Miranda. Auf dem Weg zur Schule erzählte sie mir, warum diese Armbänder so wichtig für sie waren. Es sind Freundschaftsarmbänder. Ich fragte mich, wer sie ihr wohl geschenkt hatte, und verspürte sogar einen leichten Stich der Eifersucht.

Als wir bei der Schule ankamen, erwartete uns eine böse Überraschung. Das Gebäude war nicht leer und verlassen, wie wir angenommen hatten. Stattdessen wimmelte es nur so von Leuten. In der Aula fand eine Versammlung des Wandervereins statt.

»Kein Problem«, sagte Miranda. »Wir gehen einfach ganz locker rein und tun so, als würden wir dazugehören. Dann flitzen wir zu Tinklers Klassenraum. Okay, mir nach.«

Ich folgte ihr in die Eingangshalle, wo eine Frau mit einem Klemmbrett und einer Brille auf der Nase die Veranstaltung überwachte. Miranda schlüpfte wie Quecksilber durch die Menge. Leider war ich nicht so flink. Die Frau mit dem Klemmbrett stürzte auf mich zu.

»Kann ich dir helfen?«

Einen Moment war mein Kopf wie leer gefegt.

»Dies ist eine Versammlung des Wandervereins«, erklärte sie.

»Ja, ich weiß«, sagte ich. Dann fügte ich hinzu: »Ich suche meine Oma. Sie hat ihr Portemonnaie vergessen.«

»Ich werde dafür sorgen, dass sie es bekommt.« Die Frau streckte ihre Hand nach dem imaginären Portemonnaie aus. »Wie heißt sie denn?«

»Ist schon in Ordnung. Da hinten ist sie!« Ich lief auf eine Dame mit schneeweißen Haaren zu. Die Frau mit dem Klemmbrett ließ mich nicht aus den Augen, darum hielt ich es für besser, etwas zu meiner »Oma« zu sagen.

»Hallo!« Ich lächelte freundlich. »Wie geht es Ihnen?«

»Sehr gut«, antwortete sie und machte ein überraschtes Gesicht.

»Wandern Sie schon lange?«

»Seit ungefähr fünfundzwanzig Jahren.«

»Oh, das ist toll.« Die Frau mit dem Klemmbrett war für einen Moment abgelenkt, darum sagte ich schnell: »Machen Sie weiter so, okay? Auf Wiedersehen.«

Ich sauste zu den Klassenräumen hinüber. Miranda tauchte aus einer dunklen Ecke auf. »Wo zum Teufel bist du gewesen?«

»Bin aufgehalten worden … aber jetzt ist alles in Ordnung.«

»Also, wenn du irgendwen kommen siehst, pfeifst du«, befahl sie.

»Da gibt es leider ein kleines Problem«, erklärte ich. »Ich kann nicht pfeifen.«

»Ich fass es nicht!«, rief sie und murmelte etwas wie: »Das hat man davon, wenn man mit Amateuren zusammenarbeitet.«

»Aber ich kann Vogelrufe imitieren«, sagte ich eifrig. »Meine Spezialität ist der Warnruf der Wiesenknarre. Die Freundinnen meiner Oma fanden ihn immer bemerkenswert echt. Soll ich ihn dir schnell vormachen?«

»Danke, nicht nötig. Ich beeil mich, wird schon alles glattgehen.«

Leider ging keineswegs alles glatt. Kaum war Miranda verschwunden, kam eine bekannte Gestalt um die Ecke: Mr Tinkler.

Ich konnte es kaum glauben. Was in aller Welt machte er hier? Ich räusperte mich und begann, eine sehr verängstigte Wiesenknarre nachzumachen. Leider war ich ziemlich aus der Übung. Und es war längst nicht so laut, wie ich gehofft hatte. Mr Tinkler stürmte an mir vorbei und ich startete schnell einen zweiten Versuch. Diesmal war meine Wiesenknarren-Imitation wesentlich lauter. Die Frau mit dem Klemmbrett warf bereits misstrauische Blicke in meine Richtung.

Hatte Miranda meine Warnung gehört? Ich litt Höllenqualen, während ich auf sie wartete. Aber was dann passierte, war noch viel schlimmer. Plötzlich sah ich Mr Tinkler durch den Flur zurückkommen. Miranda lief neben ihm her und sagte: »Ich will sofort NACH HAUSE!« Die letzten beiden Wörter schrie sie fast, darum vermutete ich, dass sie eine Art Botschaft an mich waren.

Schweren Herzens machte ich mich auf den Heimweg.

Ich habe beim Schmierestehen total versagt, und darum ist Miranda gefasst worden. Ich weiß nicht einmal, was mit ihr passiert ist. Habe versucht, sie auf ihrem Handy anzurufen, aber sie geht nicht dran. Ich fühle mich einfach schrecklich.

21.30 Uhr

Miranda hat schließlich doch noch angerufen. Sie hat keinen meiner Vogelrufe gehört und war gerade dabei, das Schloss mit ihrer Nagelfeile aufzubrechen, als Tinkler auftauchte.

Er sagte, er habe sie »in flagranti« beim Stehlen erwischt (Miranda meinte allerdings, man könne nichts stehlen, was einem bereits gehört), und brachte sie zum Büro des Hausmeisters. Dort rief er ihre Eltern an. Sie mussten zur Schule kommen und sie abholen.

»Tinkler wird furchtbar viel Wind um die Sache machen«, sagte Miranda.

»Es tut mir wirklich schrecklich leid.«

»Das muss es nicht«, sagte Miranda. »Es ist nicht deine Schuld. Ich hätte gleich misstrauisch werden müssen, als die Klassenzimmertür offen stand und das Licht an war. Aber wie soll man auch darauf kommen, dass er um die Uhrzeit noch arbeitet? Was für ein Streber!«

»Können Erwachsene auch Streber sein?«, rief ich.

»Er schon.«

»Und wie geht es jetzt weiter?«, fragte ich.

»Ach, bald ist bestimmt Gras über die Sache gewachsen«, sagte Miranda.

Aber da bin ich mir nicht so sicher.

Mittwoch, 18. März

12.45 Uhr

Bahnbrechende Neuigkeiten:

Miranda wurde für eine ganze Woche von der Schule suspendiert! Der Direktor ließ sie gleich nach Beginn der ersten Stunde zu sich rufen. Und sie kam nicht mehr zurück. Jede Menge Gerüchte machten die Runde. Ich war der Einzige, der wusste, was wirklich passiert war, weil sie mich auf meinem Handy angerufen hatte.

Und sie ist nicht nur wegen der Sache von gestern Abend suspendiert worden, sondern auch weil sie den Feueralarm ausgelöst haben soll.

»Der Direktor hörte gar nicht mehr auf, von dem Feueralarm zu schwafeln, darum dachte ich schließlich, hey, warum soll ich das nicht auch noch gleich zugeben?«

»Aber ich kann nicht zulassen, dass du die Schuld für mich auf dich nimmst«, protestierte ich.

»Ist doch nur ein weiterer Punkt auf meiner langen Verbrechensliste.«

»Nein, das ist ungerecht. Ich werde sofort zum Direktor gehen.«

»Wage es ja nicht!«, knurrte sie. »Es erregt nur Verdacht,

wenn wir beide die Sache zugeben. Lass es einfach bleiben, dann wird schon alles gut werden … Vertrau mir, ich bin eine Unruhestifterin.«

Ich musste lachen. Aber Mirandas mutiges Verhalten beschämt mich trotzdem sehr. Irgendwann werde ich mich dafür erkenntlich zeigen.

16.00 Uhr

Habe gerade etwas erlebt, das ich nur als außerkörperliche Erfahrung bezeichnen kann. So etwas Verrücktes ist mir noch nie passiert.

Es geschah in der letzten Stunde. Alle Schüler, die bei den Schulversammlungen zum Thema »Talent« mitgemacht hatten, wurden für einen gemeinsamen Fototermin vom Unterricht freigestellt. Das Foto sollte an die Lokalzeitung geschickt werden, in der nächsten Montag ein Bericht über uns erscheinen soll.

Und Tinkler, der Foto-Experte unserer Schule, sollte das Bild machen. Er hatte seine automatische Fotoausrüstung aufgebaut, damit er seine hässliche Visage ebenfalls zwischen die Schülerreihen schieben konnte. Es dauerte Ewigkeiten, bis endlich alles bereit war.

Schließlich lief er zu uns herüber, stellte sich direkt neben mich und forderte uns auf, die Schultern nicht so hängen zu lassen. Da bewegte sich meine linke Hand plötzlich ganz von alleine nach oben, als würde sie von unsichtbaren Fäden gezogen. Eine Weile schwebte sie in der Luft. Und als das Blitzlicht losging, reckten sich zwei meiner Finger hinter Tinklers Kopf in die Höhe und machten eine sehr unhöfliche Geste.

Mr Tinkler war zu sehr damit beschäftigt, den Blitz im Auge zu behalten, um zu merken, was meine Finger im Schilde führten. Aber alle anderen hatten es mitbekommen. Von allen Seiten war überraschtes und begeistertes Kichern zu hören.

»Ich weiß gar nicht, was heute los ist«, raunte Tinkler mir zu.

Tja, wenn er das Foto sieht, wird er es wissen. Ich war völlig entsetzt von mir selbst. So etwas habe ich noch nie getan. Aber wie ich schon sagte, irgendwie fühlte es sich nicht richtig real an. Es war, als würde ich mir selbst nur zuschauen.

Hinterher wurde von nichts anderem mehr geredet. »Tinkler reißt dir morgen garantiert den Kopf ab«, informierte mich ein Junge vergnügt.

Ich mache besser Schluss für heute. Fühle mich schwach.

19.00 Uhr

Habe Miranda erzählt, was ich getan habe. Als ich fertig war, machte sie nur ein merkwürdiges, würgendes Geräusch.

»Alles in Ordnung?«, fragte ich.

»Ich glaube, ich platze gleich vor Stolz«, antwortete sie.

Das munterte mich wirklich auf. Aber später sagte ich: »Morgen wird bestimmt ein ziemlich furchtbarer Tag. Vielleicht werde ich sogar suspendiert, oder?«

»Archie«, erwiderte sie, »willkommen in meiner Welt.«

Donnerstag, 19. März

17.00 Uhr

Als ich heute in die Schule kam, zitterte ich wie Espenlaub. In der ersten Stunde wartete ich die ganze Zeit darauf, zu

Tinkler gerufen zu werden. In Gedanken sah ich die Szene bereits vor mir. Seine Augen wären kalt vor Wut und er würde viel schreien. Danach würde er mich zum Direktor schicken.

Aber tatsächlich passierte den ganzen Tag lang gar nichts. Ich vermute, Tinkler hat die Fotos noch nicht entwickelt. Um ehrlich zu sein, hätte ich meine Bestrafung lieber hinter mich gebracht. Es ist die reinste Folter, auf etwas Unangenehmes zu warten.

Zumindest hat der gestrige Vorfall dazu beigetragen, meine Beliebtheit zu steigern. Mir wurde den ganzen Tag lang auf den Rücken geklopft – und in der Mittagspause fragten mich ein paar Jungs zum ersten Mal, ob ich mit ihnen Fußball spielen will.

Es ist wirklich verrückt. Immer wenn ich versucht habe, die Lebensqualität meiner Mitschüler zu verbessern, zum Beispiel mit meiner Müll-Aktion, wurde ich verspottet und ausgelacht. Aber kaum mache ich eine unhöfliche Geste, liegt mir die ganze Schule zu Füßen.

20.00 Uhr

Gerade hat Miranda angerufen. Sie hatte eine lange Strafpredigt von ihrer Mutter erwartet, weil sie ihre Familie mal wieder schwer enttäuscht hat. Aber stattdessen sagte ihre Mum nur: »Du machst offenbar gerade eine schwierige Phase durch. Die Zeit zu Hause wird dir hoffentlich helfen, zur Ruhe zu kommen und dich auf deine Ziele zu konzentrieren.«

»Aber das ist doch gut, oder?«

»Nein, ist es nicht!«, rief Miranda. »Meine Mutter benimmt sich so seltsam, dass ich richtig Angst bekommen habe.«

21.00 Uhr

Miranda hat noch einmal angerufen. Sie meinte, wenn Mrs Rivers morgen immer noch nicht da ist, soll ich wieder den Unterricht schwänzen. Ich war nicht besonders begeistert, vor allem, weil mir nach wie vor das Gespräch mit Mr Tinkler droht. Aber Miranda sagte: »Einmal schwänzen ist wie keinmal schwänzen. Du brauchst Übung.«

Freitag, 20. März

17.00 Uhr

Mrs Rivers war heute nicht da. Ich hatte wirklich gehofft, sie wäre wieder zurück, weil ich nicht alleine schwänzen wollte. Zu zweit macht es irgendwie mehr Spaß. Ich ärgerte mich über Miranda, weil sie mich dazu gedrängt hatte, aber ich wollte sie auch nicht enttäuschen. Also machte ich, dass ich wegkam.

Den ersten Teil der Mission bewältigte ich überraschend mühelos. Ich bin mir sicher, Miranda wäre stolz auf mich gewesen, wenn sie gesehen hätte, wie locker ich aus der Schule spaziert bin.

Dann ging ich zu den Geschäften. Ich war gerade dabei, mir einen kleinen Schokoladenvorrat zuzulegen, als ich hinter mir ein Geräusch hörte. Es klang, als würde jemand nach Luft schnappen. Ich kann ein bisschen Erste Hilfe, darum drehte ich mich um und erblickte … den Direktor! Nun war ich es, der nach Luft schnappte.

»Warum bist du nicht in der Schule?«, fragte er.

Zwei Wörter blitzten in meinem Kopf auf. »Akuter Durchfall!«, rief ich. Miranda hatte die Macht dieser beiden Wörter nicht unterschätzt. Der Direktor schreckte zurück wie ein scheuendes Pferd.

»Ich dachte, ein bisschen Schokolade könnte meinen Magen beruhigen, damit der Durchfall nicht mehr ganz so akut ist«, sprudelte ich hervor.

Der Direktor starrte mich noch einen Augenblick an, dann schickte er mich nach draußen. Er nahm mich in seinem Auto mit zur Schule, ließ währenddessen die Fenster weit geöffnet und warf mir ängstliche Blicke zu.

»Wie fühlst du dich jetzt?«, fragte er, als wir bei der Schule angekommen waren.

»Dürfte ich noch einmal die Toilette aufsuchen?«, fragte ich. Ich hielt das für einen ziemlich klugen Schachzug.

»In Ordnung«, stimmte er zu. »Danach kommst du zurück und wartest vor meinem Büro.«

Ich versuchte schnell, meine Gedanken zu ordnen, dann wurde ich auch schon in das Büro des Direktors gerufen. Es sah schlecht für mich aus. Er hielt mir einen langen Vortrag darüber, dass ich das Schulgelände nicht ohne Erlaubnis verlassen dürfte und dafür suspendiert werden könnte. Die Suspendierung würde auch in meiner Schulakte vermerkt werden.

Während sich seine strengen Worte über mich ergossen, überlegte ich, ob er wohl zu Hause anrufen würde. Dad war nicht da, aber bei Cheryl war ich mir nicht so sicher. Ich hätte es nicht ertragen, von ihr abgeholt zu werden. Lieber wäre ich in ein Heim für straffällige Jugendliche gegangen, als diese Schmach zu erleben.

Doch plötzlich schlug der Direktor einen völlig anderen Ton an. »Dein Vater war vor Kurzem hier, um mit mir zu sprechen.« Das war ein Schock. »Er macht sich Sorgen um dich«, fuhr der Direktor fort. »Dein Vater meint, du hättest dich in letzter Zeit sehr verändert, und er wollte wissen, ob du irgendwelche Probleme in der Schule hast.«

»Nein, überhaupt nicht«, sagte ich sofort.

Der Direktor sah mich an, bevor er weitersprach. »Du bist ein sehr gewissenhafter junger Mann, aber manchmal setzen sich Menschen wie du sehr stark unter Druck. Sie bekommen von ihren Mitschülern nicht immer die nötige Unterstützung. Darum sinken ihre hohen Ansprüche allmählich.« Er warf einen bedeutungsvollen Blick auf meine geöffneten Hemdknöpfe und die locker sitzende Krawatte. »Sie fühlen sich krank und überfordert. Deshalb laufen sie weg. Ich glaube, das ist es, was du heute getan hast.« Er wartete meine Antwort nicht ab, sondern redete gleich weiter. »Wenn dir wieder mal alles über den Kopf wächst, dann sprich mit einem Lehrer oder komm zu mir. Meine Tür steht immer offen für dich.«

Ich konnte kaum glauben, wie vernünftig er die Angelegenheit sah. Und ich bekam nicht die geringste Strafe.

Miranda war ein bisschen sauer, als ich ihr das erzählte. »Hätte er mich beim Schwänzen erwischt, wäre er garantiert die Wände hochgegangen. Wenn das keine Bevorzugung ist!«

Ich erinnerte sie daran, dass die Sache mit Tinkler trotzdem noch nicht ausgestanden war. Inzwischen müsste er die Fotos gesehen haben. Aber er hat immer noch nichts unternommen. Das macht mich wirklich nervös.

Samstag, 21. März

Heute ist Dads Geburtstag. Ich hab ihm Duschgel und ein dunkelblaues Hemd geschenkt, das ich schon vor Ewigkeiten gekauft habe. Wir hatten ein ziemlich gutes Gespräch – nur wir beide. Ich habe ihn nicht gefragt, warum er zum Direktor gegangen ist (Miranda hatte mir geraten, diese Information für später aufzusparen). Stattdessen unterhielten wir uns über *Rivalen.* Die erste Folge, in der Dad mitspielt, wird am 2. April gesendet. Ich freue mich sehr für ihn.

Später tauchte Cheryl mit einem Geschenk für Dad auf – ein absolut scheußlicher Ring. Er sah aus, als würde er aus einem Kaugummiautomaten stammen (was er ja vielleicht auch tat). Aber erst als ich mit Miranda sprach, wurde mir seine wahre, furchtbare Bedeutung klar.

»Das heißt, dass sie sich verloben werden«, sagte sie. »Zumindest wenn dein Dad ihr auch einen Ring kauft.«

Erst bekam ich kein Wort heraus. Es ist nicht leicht, etwas zu sagen, wenn man sich fühlt, als würden einem gerade die Eingeweide herausgerissen und in alle Himmelsrichtungen verstreut.

»Ich wette, es dauert nicht mehr lange, bis dein Dad ihr einen Ring kauft«, sagte Miranda.

Sonntag, 22. März

Miranda hat versucht, mich aufzuheitern. »Wenn dein Dad die alte Vogelscheuche heiratet, warte ich vor der Kirche«, sagte sie. »Aber ich werde kein Konfetti, sondern ein paar Steine dabeihaben.«

»Wirf einen für mich mit«, sagte ich.

Vorhin sagte Dad zu mir, er würde Cheryl heute Abend zum Essen ausführen. Seine alten Augen leuchteten dabei. Ich hatte die furchtbare Vorahnung, dass Cheryl am Ende dieses Abends ebenfalls einen Ring am Finger tragen würde. Vor lauter Entsetzen konnte ich nicht einschlafen.

Schließlich blieb ich auf, bis sie zurückkamen.

Als sie endlich zur Tür hereinspazierten, sagte Cheryl: »Ich fühle mich wieder wie ein Teenager, wenn du abends auf uns wartest.« Sie kicherte über ihren kleinen Scherz.

Zumindest kann ich dir voller Erleichterung mitteilen, dass ihr Finger unberingt geblieben ist – zumindest bis jetzt.

Montag, 23. März

6.15 Uhr

Mir ist gerade etwas Schreckliches eingefallen. Was, wenn Tinkler meine unhöfliche Geste nicht gesehen und das Foto direkt an die Zeitung geschickt hat? Ob sie es drucken würden?

Könnte sein, oder?

7.30 Uhr

Komme gerade vom Zeitungskiosk zurück. Die Lokalzeitung war noch nicht einmal ausgepackt. Ich schnappte mir das allererste Exemplar. Auf Seite sechs waren vier Fotos von den Talent-Schulversammlungen abgedruckt, darunter eins, das mich beim Stepptanz zeigt. Aber kein Gruppenbild.

Was hat das zu bedeuten?

13.30 Uhr

Tinkler bestellte mich heute um halb eins zu sich. Jetzt ist es so weit, dachte ich. Vor lauter Angst begann mein linkes Bein ganz von allein zu zucken und wollte gar nicht mehr aufhören.

Er bat mich, Platz zu nehmen, und sagte: »Ich möchte dich in einer ziemlich ernsten Angelegenheit sprechen.«

»Oh. Ja«, quiekte ich.

»Eigentlich wollte ich ja schon letzte Woche mit dir reden, aber mir ging es nicht besonders gut. Ich glaube, du bist auf dem weiten Feld der Mathematik ein wenig vom Weg abgekommen.«

Er begann, mir irgendwelche Gleichungen zu erklären, aber mein Gehirn war vor Angst wie gelähmt. Ich war ein absolut hoffnungsloser Fall. Doch er wurde trotzdem nicht wütend, sondern war sogar ausgesprochen geduldig, ganz anders als im Unterricht.

Als ich gehen wollte, sagte er: »Schönes Foto von dir beim Stepptanz heute in der Zeitung.«

Ich ließ den Kopf hängen.

»Leider ist das Gruppenfoto, das ich gemacht habe, nichts geworden.«

»Ach, es ist nichts geworden?«, rief ich.

»Nein. Ich war wirklich sehr enttäuscht.«

Ich versuchte, auch enttäuscht auszusehen, dabei dachte ich die ganze Zeit nur HURRA, HURRA und noch mal HURRA.

Als ich Miranda alles erzählte, wurde sie sofort misstrauisch. »Ich glaube immer noch, dass er etwas im Schilde führt.«

»Tatsächlich?«

»Allerdings. Warum ist er sonst plötzlich so nett zu dir? Ich sag's dir, er heckt garantiert irgendwas aus.«

20.30 Uhr

Habe gerade ein sehr merkwürdiges Telefonat mit Miranda geführt. »Erzähl mir, was du heute Abend gemacht hast«, sagte sie.

»Also, ich bin nach Hause gekommen, hab mir Bohnen auf Toast gemacht, in meinem Zimmer gegessen, eine Weile ferngesehen, mein Buch weitergelesen …«

»Du verkriechst dich also wirklich die ganze Zeit in deinem Zimmer?«

»Ehrlich gesagt fühle ich mich dort am wohlsten. Dad kommt bestimmt bald nach Hause. Er schaut wahrscheinlich später noch mal bei mir rein.«

»Aber das ist nicht richtig!«, rief sie. »Du wohnst doch nicht zur Untermiete! Das ist dein Haus. Wir müssen deinen Dad zur Vernunft bringen. Mach dir keine Sorgen. Ich bin gerade dabei, einen brillanten Plan auszuarbeiten.«

»Oh, vielen Dank.«

»Mein Plan wird alles ändern. Du und ich, wir werden die Häuser tauschen.«

»Was?«

»Ich hab mir die Sache schon genau überlegt. Komm morgen um vier in den Stadtpark. Ich will am Telefon nicht weiter darüber reden. Sei einfach morgen da, okay?«

»In Ordnung.«

»Bis dann.«

Ich habe immer noch keine Ahnung, was Miranda vorhat. Wir können doch nicht einfach die Häuser (unser Zuhause) tauschen, oder?!

COOL!
Eine Antwort von Tante Prue

Liebe Miranda,
vielen Dank für Deinen letzten Brief. Es freut mich sehr, dass Dir mein Ratschlag weitergeholfen hat. Ein Punkt bereitet mir allerdings ein wenig Kopfzerbrechen und ich würde da gerne etwas klarstellen.

Ich hatte Dir vorgeschlagen, mit Archie zu reden und Verständnis für ihn aufzubringen. Ich hatte dir NICHT geraten, ihn zu ändern.

Meiner persönlichen Meinung nach ist es nie eine gute Idee, Menschen verändern zu wollen.

Vielleicht sollten wir zuerst einmal versuchen, uns selbst zu ändern.

Mit freundlichen Grüßen,

Tante Prue

MIRANDA JONES

Tante Prue
Kummerkasten-Seite
COOL!
Williams Terrace
London

Dienstag, 24. März

Liebe unleserliche Unterschrift, gezeichnet Tante Prue,

Dein Brief hat mich sehr wütend gemacht. Du sagst, ich hätte Archie akzeptieren sollen, wie er war. Aber er war einfach unmöglich. Da kannst Du jeden fragen. Er musste sich ändern und ich helfe ihm dabei. Außerdem hat er gerade so viel Spaß wie noch nie in seinem Leben.

Übrigens nehme ich mir jetzt auch Archies Dad zur Brust. Er hat etwas mit einer Frau namens Cheryl angefangen, die nur hinter seinem Geld her ist. Sie und ihre Tochter sind bei Archie und seinem Dad eingezogen. Seitdem ist Archie ein Fremder in seinem eigenen Haus geworden. Es ist einfach eine Schande, was dort passiert.

Darum habe ich mich heute nach der Schule mit Archie im Stadtpark getroffen. Er gab mir seinen Schlüssel und ich ging zu seinem Haus. Archie blieb im Stadtpark. Ich hatte ihm einen Riegel Schokolade gegeben, er war also gut versorgt. Ich schloss auf, ging nach oben in Archies Zimmer und wartete auf seine höllische Familie.

Bald konnte ich das Gör mit der alten Hexe plaudern hören. Aber keine von beiden kam in meine Nähe. Irgendwann rief die Hexe nach oben: »Archie, hast du schon Abendbrot gegessen?«

Ich machte Archies Tonfall perfekt nach und antwortete: »Ich habe bereits gegessen, vielen Dank.«

Gegen sieben Uhr kam Archies Dad nach Hause. Er jammerte der Hexe die Ohren voll, was für einen anstrengenden Drehtag er gehabt hätte, aber zu mir sagte er kein Wort.

Die Stunden schlichen dahin. Und es war so ein trauriges kleines Zimmer. Selbst die Luft fühlte sich muffig und eingesperrt an. Das war kein Kinderzimmer, das war eine Gefängniszelle. Ich dachte an Archie, der jeden Abend ganz allein hier festsaß. Etwas von seiner Einsamkeit übertrug sich sogar auf mich. Da wurde ich richtig wütend, denn ich hasse es, wenn Lebewesen gequält werden.

Schließlich klopfte Archies Dad an die Tür – um acht Uhr fünfundvierzig. »Alles in Ordnung, Archie?«, fragte er.

»Nein, nichts ist in Ordnung!«, rief ich zurück. »Und Sie sollten sich schämen!«

Er stürmte herein und starrte mich völlig verwirrt an. Seine Augen sehen genau wie Archies aus – blassblau und mit diesem leichten Flackern.

»Wer bist du denn?«, fragte er.
»Nennen Sie mich einfach den Geist der vergangenen Weihnacht.«
»Wo ist Archie?«
»In Sicherheit.«
»Wie bist du hier hereingekommen?«
»Archie hat mir seinen Schlüssel gegeben. Stellen Sie sich vor, ich bin schon seit halb fünf in diesem Haus.«
Er war total schockiert.
Dann kam die alte Hexe angerannt. »Was in aller Welt geht hier vor?«, rief sie.
»Genau das wollte ich auch gerade fragen«, erwiderte ich.
Der quäkende Zwerg stürmte ebenfalls herein und sah mich mit großen Augen an. »Warum bist du in diesem Zimmer?«
»Warum bist du noch nicht tot?«, gab ich zurück.
Kurze Zeit später fuhr mich Archies Dad zum Stadtpark. »Ich finde dieses Theater überhaupt nicht lustig.«
»Dieses Theater, wie Sie es nennen, sollte auch nicht lustig sein«, schnauzte ich zurück.
Das brachte ihn endgültig zum Schweigen.
Der arme Archie wartete völlig durchgefroren im Stadtpark auf uns. Aber der Einsatz hat sich gelohnt, das musst Du zugeben. Jetzt wird sich bei Archie zu Hause bestimmt einiges ändern.
Tut mir leid, dass das so ein langer Brief geworden ist. Doch Du hattest kein Recht, mich zu kritisieren, das

siehst Du jetzt sicher ein. Man könnte sagen, ich bin ein verdammter Sonnenstrahl in Archies Leben.

Ich hoffe, Dir geht's gut.

Miranda (Deckname: Unruhestifterin)

Neuntes Kapitel

Dienstag, 24. März

Habe gerade fast fünf Stunden frierend im Stadtpark zugebracht. Zum Schluss hing mir mein Magen vor lauter Hunger beinahe in den Kniekehlen.

Es war alles Mirandas Idee. Sie wollte an meiner Stelle nach Hause gehen, um zu sehen, wie lange es dauert, bis mein Dad etwas merkt. Wie du dir bestimmt schon gedacht hast, brauchte er eine halbe Ewigkeit dafür.

Trotzdem bin ich mir nicht sicher, ob er den Zweck der Übung verstanden hat. Als er im Stadtpark auftauchte, stürzte er nicht voller Reue über sein nachlässiges Verhalten auf mich zu. Stattdessen war er knallrot vor Wut. Und im Auto sagte er mit zusammengebissenen Zähnen: »Von allen Dummheiten dieser Welt … aber ich will nichts sagen, was ich später bereue.«

»Dann sag lieber gar nichts«, gab ich zurück.

Dad warf mir einen düsteren Blick zu. Die restliche Fahrt legten wir schweigend zurück. Als wir nach Hause kamen, schimpfte er noch einmal mit mir. Cheryl war (natürlich) auch dabei. Sie sagte nichts, aber ihre Augenbrauen waren ständig in Bewegung. Dad machte mir etwas Heißes zu trinken, weil ich immer noch vor Kälte zitterte, und Cheryl fragte: »Dieses Mädchen, das heute Abend hier war … seid ihr …?« Sie zögerte. Mir war natürlich klar, was sie wissen wollte. Aber ich hatte nicht die geringste Absicht, so eine persönliche Angelegenheit mit ihr zu besprechen.

»Wenn du deinen Tee getrunken hast, gehst du sofort ins Bett«, befahl Dad.

»Mit dem größten Vergnügen«, sagte ich und kippte den Tee hinunter. »Eine wunderschöne gute Nacht alle zusammen!«

Ich ging lässig die Treppe hinauf. Aber innerlich bebte ich vor Enttäuschung. Dad hatte aus der heutigen Aktion nichts gelernt. Und ich bin ganz umsonst beinahe erfroren.

Mittwoch, 25. März

21.30 Uhr

Die Stimmung zu Hause ist ausgesprochen angespannt. Ich warte ständig darauf, dass Dad seine Verlobung bekannt gibt und mein Leben endgültig den Bach runtergeht.

Habe es heute Abend einfach nicht mehr in meinem Zimmer ausgehalten. Schlich mich stattdessen nach unten. Die anderen waren in der Küche, also setzte ich mich ins Wohnzimmer und sah unschuldig etwas fern. Doch plötzlich merkte ich, dass ich beobachtet wurde – von Cheryl.

»Machst du heute Abend gar keine Hausaufgaben?«, fragte sie und lächelte hinterhältig.

Ich hatte es einfach satt, dass sie sich ständig in mein Leben einmischte, und murmelte: »Steck deine lange Nase gefälligst in deine eigenen Angelegenheiten.« Das hatte ich Miranda einmal sagen hören.

Natürlich konnte Cheryl nicht schnell genug zu Dad laufen und ihm erzählen, was ich Ungezogenes zu ihr gesagt hatte. Daraufhin schickte er mich nach oben und ich musste ihr einen Entschuldigungsbrief schreiben.

Ich schrieb:

Liebe Cheryl,

ich entschuldige mich vielmals, weil ich zu Dir gesagt habe, Du sollst Deine lange Nase in Deine eigenen Angelegenheiten stecken. Das war unhöflich von mir, und für unhöfliches Verhalten gibt es niemals eine Berechtigung. Aber ich wäre Dir sehr dankbar, wenn Du meine Privatsphäre zu jeder Zeit respektieren würdest.

Archie

Ich finde, unter den gegebenen Umständen war das ein ziemlich höflicher Brief. Aber Dad gefiel er gar nicht. Er ließ mich den Brief noch einmal schreiben und brummte mir bis auf Weiteres Hausarrest auf.

Miranda wurde furchtbar wütend, als ich ihr berichtete, was heute Abend passiert ist. »Was hab ich dir über Erwachsene gesagt? Du kannst keinem Einzigen von ihnen trauen! Und das nach allem, was du für deinen Dad getan hast. Aber sobald ihm irgendeine Frau mit einem eingemeißelten Lächeln im Gesicht zuwinkert, bist du total abgeschrieben. Ich wette, er hat dich nicht mal gefragt, warum du zu Cheryl gesagt hast, sie soll ihre Nase in ihre eigenen Angelegenheiten stecken.«

»Nein, hat er nicht.«

»Typisch! Er ist überhaupt nicht an deiner Sicht der Dinge interessiert. Mann, das macht mich so wütend!«

Ihr kleiner Wutanfall hat mich wieder etwas aufgemuntert.

Donnerstag, 26. März

18.00 Uhr

Nach der Schule bestellte mich Miranda noch einmal in den Stadtpark. »Ich ertrage es einfach nicht, dass du noch länger so furchtbar gequält wirst«, sagte sie. »Ich finde, du solltest einfach gehen.«

»Du meinst, ich soll weglaufen?«, fragte ich.

»Quatsch, das macht man vielleicht als Dreijähriger. Ich meine, du sollst irgendwo anders einziehen – bei mir zum Beispiel. Wir haben ein freies Gästezimmer auf dem Dachboden.«

»Aber ich kann mich doch nicht einfach bei euch einquartieren«, sagte ich. »Was wird denn deine Familie dazu sagen?«

»Claire ist mit der Schule nach Frankreich gefahren, Dad ist in Amerika, und wegen Richie brauchst du dir wirklich keine Sorgen zu machen.«

»Und deine Mutter?«

»Sie ist immer noch total neben der Spur. Heute kam sie in mein Zimmer und sagte: ›Wie ich sehe, herrscht hier nach wie vor das übliche kreative Chaos.‹ Dabei lächelte sie. Ich habe keine Ahnung, wie sie reagieren wird. Aber das werden wir schon herausfinden.«

»Ich weiß nicht. Ich meine …«

»Ganz ehrlich, Archie, genau das ist dein Problem!«, rief Miranda. »Ständig legst du dir selbst Steine in den Weg und tust im Endeffekt gar nichts. Willst du jetzt bei mir wohnen oder nicht?«

»Ja, ich will«, sagte ich.

Ein leichtes Lächeln huschte über ihr Gesicht. »Dann hör auf zu quatschen. Es ist Zeit zu handeln!«

Wir heckten einen perfekten Plan aus. Ich kann immer noch nicht glauben, was ich vorhabe.

Ich werde heute Abend heimlich packen – nicht all meine Sachen, sondern nur lebensnotwendige Dinge wie Unterhosen, Socken und eine Zahnbürste (und natürlich mein Tagebuch).

Fortsetzung folgt!

20.30 Uhr

Bin fertig mit Packen. Habe außerdem einen Brief an Dad geschrieben, den ich morgen einstecken werde:

Lieber Dad – und alle anderen interessierten Leser,

ich wollte Dich nur wissen lassen, dass ich mein Zimmer geräumt habe und zu neuen Ufern aufgebrochen bin. Werde Dir in Kürze meine neue Adresse zuschicken.

Versuch bitte nicht, mich zu finden. Es funktioniert einfach nicht mehr mit uns, darum ist es so das Beste.

Mit freundlichen Grüßen von Deinem Sohn

PS: Mein neues Leben könnte einige Kosten verursachen. Wenn Du einen kleinen Unkostenbeitrag leisten möchtest, hinterlege das Geld bitte in einem Briefumschlag mit meinem Namen bei der örtlichen Post. Ich hole es dann dort ab.

PPS: Ich wiederhole: Bitte versuch nicht, mich zu finden! Ich werde nicht wie ein Landstreicher auf der Flucht leben, sondern ich komme in ein liebevolles Zuhause, wo gut für mich gesorgt wird.

Archie

Hinterher war ich mir nicht mehr sicher wegen des Satzes mit dem liebevollen Zuhause. Es klang so, als wäre ich ein Hundewelpe. Aber ich dachte, das würde Dad beruhigen.

21.30 Uhr

Dad ist gerade in mein Zimmer gekommen – zum Glück hatte ich mein Gepäck versteckt. Ich erwartete eine weitere Strafpredigt, darum schloss ich die Augen und tat so, als würde ich schlafen. Aber er sagte nichts, sondern stand einfach nur eine Weile da und sah mich an. Dann ging er wieder hinaus.

Ich hoffe, er ist wenigstens ein kleines bisschen traurig, wenn er meinen Auszug bemerkt. Aber Cheryl wird ihn schon davon überzeugen, dass es so am besten ist. Und diesmal muss ich ihr ausnahmsweise recht geben. Bald werde ich nur noch eine vage Erinnerung für Dad sein. Eigentlich fühle ich mich jetzt schon ein bisschen so. Wenn ich das nächste Mal in dieses Buch schreibe, lebe ich bereits an einem völlig anderen Ort. Ich kann es immer noch nicht glauben.

Freitag, 27. März

Ich schreibe diese Zeilen in meinem neuen Zuhause oben auf dem Dachboden. Miranda meint, wir sollten besser den richtigen Moment abwarten, um ihrer Mutter mitzuteilen, dass sie einen Untermieter hat. Darum ist meine Anwesenheit fürs Erste ein großes Geheimnis. Aber das ist in Ordnung. Eigentlich finde ich es sogar ziemlich aufregend.

Ich musste vor Mirandas Haus warten, bis sie mir ein Zeichen gab. Als die Luft rein war, flitzte ich ins Haus, kletterte die Bodentreppe hinauf und gelangte durch eine Falltür in mein neues Heim.

Und hier bin ich!

Die Einrichtung ist ziemlich einfach: ein abgenutzter Teppich, keine Heizung, ein Feldbett und kaum andere Möbel. Aber immerhin gibt es eine Lampe und ein kleines Fenster zum Garten hinaus. Und wenn ich erst mal meine Sachen ausgepackt habe, wird es bestimmt richtig gemütlich.

17.55 Uhr

Ein natürliches Bedürfnis zwang mich, nach unten zu schleichen. Dort lief ich Richie in die Arme. Er sah mich ernst an und fragte: »Bist du ein Einbrecher?«

»Ich verstehe, wie du auf diesen Gedanken kommst«, sagte ich. »Aber eigentlich bin ich ein Gast von Miranda. Sie hat es eurer Mutter nur noch nicht gesagt.«

»Wohnst du da oben?« Er zeigte zum Dachboden hinauf.

»Genau.«

Sein Gesicht leuchtete auf. »Ich wollte auch dort wohnen, aber Mum hat es nicht erlaubt.«

»Du kannst mich gerne jederzeit besuchen«, sagte ich. »Im Moment ist die Sache allerdings noch streng vertraulich, verstehst du?«

Er nickte eifrig. »Bist du weggelaufen?«, rief er mir nach.

»Nein, ich bin bloß ausgezogen«, flüsterte ich zurück. »Bis bald.«

Ich bin mir ziemlich sicher, dass er mein Geheimnis für sich behalten wird.

19.00 Uhr

Miranda hat schon zweimal hereingeschaut. Erst brachte sie mir ein bisschen Schokolade, dann eine weiche Wolldecke aus ihrem Zimmer. »Die hab ich noch nie gemocht«, sagte sie. »Endlich eine gute Gelegenheit, sie loszuwerden.«

Beim zweiten Mal wollte Richie sie unbedingt begleiten. »Du hast vielleicht Glück, dass du hier oben wohnen darfst«, sagte er. »Wie lange wirst du bleiben?«

Ich zögerte.

»Oh, ein paar Jahre bestimmt«, sagte Miranda. »Auf jeden Fall, bis er mit der Schule fertig ist.« Dann zischte sie: »Pssst! Mum hat aufgehört, mit Dad zu telefonieren. Wir müssen gehen.«

»Was glaubst du, wann du ihr von mir erzählen wirst?«

»In ein oder zwei Tagen ungefähr«, sagte Miranda. »Vielleicht am Sonntagnachmittag. Normalerweise ist sie da etwas schläfrig. Na ja, zumindest schläfriger als sonst. Wie auch immer, fühl dich einfach wie zu Hause, auch wenn du es nicht bist.« Sie lächelte. »Spaß beiseite. Dies ist jetzt wirklich dein Zuhause. Und hör bitte auf, so ein verdammt ernstes Gesicht zu machen. Du hast schließlich keine Bank überfallen oder so was. Du bist lediglich umgezogen – und jeder Mensch hat das Recht, seinen Wohnort zu wechseln.«

»Ob Dad schon gemerkt hat, dass ich weg bin?«

»Glaub ich nicht«, antwortete sie fröhlich. »Er ist bestimmt zu beschäftigt damit, die eiserne Lady abzuschlecken. Bis später!«

Es wurde sehr still auf dem Dachboden, nachdem die beiden gegangen waren – und sehr kalt. Aber bald wird Miranda ihrer Mutter alles erklären, und dann kann ich mich völlig frei im Haus bewegen.

Werde jetzt *Der Gefangene von Zenda* von Anthony Hope noch einmal lesen, eins meiner absoluten Lieblingsbücher.

20.25 Uhr

Ich schätze, Cheryl hat mein Verschwinden inzwischen bemerkt. Vielleicht hat sie ja sogar schon mein Zimmer weitervermietet.

21.15 Uhr

Der Abend war ausgesprochen ereignisreich.

Kurz nachdem ich meinen letzten Eintrag beendet hatte, öffnete ich die Dachbodenluke ein wenig. Ich fühlte mich wie eine Schildkröte, die aus ihrem Panzer hervorlugt. Ich dachte, alle wären unten, doch ein durchdringender Schrei belehrte mich schnell eines Besseren.

Eine Frau, die nur Mirandas Mutter sein konnte, starrte ausgesprochen alarmiert zu mir hinauf.

»Bitte erschrecken Sie nicht, weil ich hier einfach so hereinplatze«, sagte ich freundlich und lächelte ihr beruhigend zu.

»Was in aller Welt machst du da oben?«, fragte sie mit erstickter Stimme.

Das war eine berechtigte Frage und ich konnte ihr Informationsbedürfnis durchaus nachvollziehen. Darum sagte ich schnell: »Keine Sorge, ich bin nicht widerrechtlich hier eingedrungen. Miranda hat mich eingeladen. Mein Name ist Archie. Und ich freue mich sehr, Sie kennenzulernen.«

Bevor sie antworten konnte, kam Miranda die Treppe hinaufgestürmt, dicht gefolgt von Richie.

»Wie ich sehe, hast du Archie bereits kennengelernt«, keuchte Miranda. »Ich wollte dir gerade von ihm erzählen. Er war todunglücklich bei sich zu Hause und konnte dort keine Sekunde länger bleiben. Darum hab ich ihm angeboten, bei uns auf dem Dachboden zu wohnen.«

»Aber du kannst doch nicht einfach …«, begann ihre Mutter. Dann verstummte sie und rief: »Das ist doch nicht etwa der Junge, dessen Vater gerade angerufen hat, oder?«

Ich spitzte die Ohren.

»Du hast gesagt, du wüsstest nichts davon, dass er weggelaufen ist, Miranda!«

»Ich war etwas durcheinander«, erwiderte Miranda. Dann fügte sie entschlossen hinzu: »Aber er wird auf keinen Fall nach Hause zurückgehen.«

»Mach schon, Mum, lass ihn hierbleiben!«, rief Richie, der vor Aufregung am ganzen Körper zitterte. »Wir können ihn doch locker durchfüttern!«

»Und er wird dir dort oben keinerlei Arbeit machen«, sagte Miranda. »Ich schwöre dir, du wirst seine Anwesenheit kaum bemerken.«

Ich fühlte mich ein bisschen wie ein fremdartiges Haustier, das Miranda gerettet und nach Hause gebracht hatte.

»Ihr redet alle dummes Zeug«, sagte Mirandas Mum und schüttelte nachdrücklich den Kopf. »Es kommt nicht infrage, dass er … Hör mal, würdest du bitte herunterkommen?«

»Na klar«, sagte ich und kletterte die Leiter hinunter.

»Und du, Miranda«, fuhr sie fort, »was hast du dir dabei gedacht, diesen Jungen auf unserem Dachboden zu verstecken? Du hast dir ja schon einige unvernünftige Sachen geleistet, aber das setzt allem die Krone auf!«

»Tut mir wirklich leid!«, rief Miranda. »Ich wollte nur einem Mitmenschen helfen, der vor lauter Stress und Vernachlässigung total am Ende ist. Ich wusste nicht, dass das in diesem Haus ein Verbrechen ist.«

Mirandas Mum sah ihre Tochter an. Dann veränderte sich ihre Stimme plötzlich. »Du hast es bestimmt gut gemeint und gedacht, du würdest das Richtige tun. Wir werden sicher eine Lösung finden. Aber ich muss den Vater von …« Sie sah mich fragend an.

»Archie«, half ich.

»Ich muss Archies Vater anrufen. Er hat vor lauter Sorge bestimmt schon fast den Verstand verloren.«

»Nein, er hat einfach so den Verstand verloren«, murmelte Miranda. Dann flüsterte sie mir zu: »Weigere dich, mit ihm zu gehen. Sag, wenn er dich mitnehmen will, muss er dich schon hinaustragen oder dir K.-o.-Tropfen einflößen. Ich werde Mum noch ein bisschen bearbeiten. Ist dir aufgefallen, wie sie plötzlich total den Tonfall geändert hat? Sie dreht wirklich langsam durch.«

Miranda ist jetzt mit ihrer Mutter in der Küche. Ich sitze mit einer Tasse Tee im Wohnzimmer und kritzle vor mich hin, bis Dad … Ich höre gerade ein Auto. Bis später!

22.30 Uhr

SIEG!

Dad stürmte zitternd vor Wut herein. »Hast du überhaupt eine Ahnung, wie viel Ärger du uns heute Abend gemacht hast?«, schrie er mich an.

»Und haben Sie überhaupt eine Ahnung«, tobte Miranda, »wie unglücklich Archie zu Hause war? Er hat es einfach nicht mehr ausgehalten. Darum hat er hier Zuflucht gesucht und er wird sich nicht vom Fleck rühren. Stimmt's, Archie?«

»Stimmt«, sagte ich und verschränkte trotzig die Arme vor der Brust. »Übrigens ist ein Brief an dich unterwegs, der dir alles erklären wird und sämtliche Fragen beantwortet, die du vielleicht noch hast …«

»Aber heute Abend hat er Ihnen nichts mehr zu sagen«, unterbrach mich Miranda. »Oder, Archie?«

»Nein«, sagte ich und drehte Dad den Rücken zu.

Mirandas Mum versuchte zu vermitteln. »Da die Gefühle gerade offenbar ziemlich hochkochen, würde ich gerne einen Vorschlag machen. Wie wäre es, wenn Archie hierbleibt – nur für eine Nacht. Meine Tochter Claire ist zurzeit in Frankreich und Archie könnte ihr Zimmer haben …«

»Gut gemacht, Mum!«, rief Miranda. »Zum ersten Mal seit dem Tag meiner Geburt bin ich wirklich stolz auf dich.«

»Ich bin Ihnen sehr dankbar«, sagte ich und drehte mich wieder um.

Dad wurde knallrot, und es war nicht zu übersehen, dass ihm diese Idee überhaupt nicht gefiel. Aber er hielt Kriegsrat mit Mirandas Mutter und verkündete schließlich mit müder, niedergeschlagener Stimme: »In Ordnung, Archie, du kannst heute Nacht hierbleiben. Aber ich hole dich gleich morgen früh wieder ab.«

»An Ihrer Stelle würde ich mir das Benzin sparen«, bemerkte Miranda.

Beim Hinausgehen war Dad längst nicht mehr so wütend wie bei seiner Ankunft.

»Wir haben die erste Runde gewonnen«, sagte Miranda triumphierend. »Ich liebe es, Erwachsenen eins auszuwischen. Das macht das Leben erst lebenswert.«

»Weißt du was?«, sagte ich plötzlich. »Ich glaube, ich werde niemals nach Hause zurückkehren.«

»Natürlich nicht!« Miranda lachte. »Stattdessen hab ich dich jetzt auf dem Hals.«

Samstag, 28. März

10.30 Uhr

Bin früh aufgewacht. Die anderen schliefen noch, also zog ich mich an und sah mich in Claires Zimmer um. An einer Wand hingen jede Menge Urkunden.

»Und das sind längst nicht alle«, sagte Miranda, die plötzlich in der Tür aufgetaucht war. »In ihrem Schreibtisch hat sie noch Tonnen von dem Zeug.« Sie senkte ihre Stimme zu einem Flüstern. »Es ist einfach widerlich, wie perfekt sie ist.« Dann stellte sie mir eine Tasse Tee hin. »Glaub bloß nicht, ich mache das jetzt jeden Morgen. Und sitz hier nicht herum, als wärst du nur zu Gast. Du kannst dich frei bewegen. Schließlich lebst du jetzt hier.«

Später gab es Frühstück. Ich bestand darauf, den Abwasch zu übernehmen. Außerdem erzählte ich Mirandas Mutter, was ich alles kochen kann. Ihr lief bestimmt schon das Wasser im Mund zusammen.

»Die Situation ist sicher nicht leicht für dich«, sagte sie zu mir. »Als ich dreizehn war, bekam ich einen Stiefvater. Anfangs habe ich ihn total abgelehnt ...«

»Oh, Cheryl ist nicht meine Stiefmutter«, unterbrach ich sie schnell.

»Noch nicht«, warf Miranda ein. »Aber sie braucht garantiert nicht mehr lange dafür.«

Miranda und ich brechen jetzt zu einem langen Spaziergang mit den Hunden auf.

12.40 Uhr

Als wir zurückkamen, wartete Dad in der Küche auf mich. »Rede kein Wort mit ihm«, zischte Miranda. »Lauf nach oben!«

Das war ein guter Rat, den ich augenblicklich befolgte. Obendrein schloss ich mich noch auf dem Klo ein (in Gedenken an Du-weißt-schon-wen).

Ein paar Minuten später hämmerte Dad gegen die Tür. »Mach sofort auf, Archie! Es reicht jetzt!«

Bevor ich antworten konnte, schrie Miranda: »Was glauben Sie eigentlich, wer Sie sind? Müssen Sie hier wie ein Verrückter herumschreien und gegen die Türen schlagen? Denken Sie doch mal daran, was das für Auswirkungen auf Archies Gemütszustand hat!«

Es war toll, wie sich Miranda für mich einsetzte. Plötzlich überkam mich ein merkwürdiges Gefühl von Friede und Glück.

Nach einer Weile schlug Mirandas Mutter vor, die Angelegenheit mit Dad in aller Ruhe unten zu besprechen. Sie tranken Tee und unterhielten sich ein bisschen. Dann fuhr Dad wieder davon, und Mirandas Mutter verkündete, ich könnte übers Wochenende bleiben.

»Das bedeutet für immer!«, jubelte Miranda. »Er hat aufgegeben! Wir haben gewonnen!« Sie war sehr zufrieden. Und ich natürlich auch. Aber ich war auch ein bisschen vor den Kopf geschlagen. Dad hatte nicht besonders lange um mich gekämpft. Ich schätze, mein Brief – den er heute früh gelesen haben muss – hat ihn davon überzeugt, dass ich es ernst meine.

»Siehst du, was passiert, wenn man Erwachsenen die Stirn bietet?«, fragte Miranda triumphierend. »Wenn ich nicht gewesen wäre, hättest du weiter brav mit der eisernen Lady zusammengelebt und wärst immer unglücklicher geworden, stimmt's?«

»Wahrscheinlich«, gab ich zu.

»Du hast heute eine sehr wichtige Lektion gelernt«, verkündete sie.

Ich frage mich, ob Dad vielleicht sogar ein bisschen erleichtert war, als ich meine Sachen gepackt habe. Sein Leben ist nun vermutlich viel einfacher. Aber das ist völlig in Ordnung so. Ich kümmere mich jetzt lieber wieder um mein eigenes, neues und aufregendes Leben.

21.30 Uhr

Bin heute Nachmittag mit Miranda in die Stadt gegangen. Wir waren im Tierheim. Dort wusch sie (mit meiner Hilfe) vier neuen Hunden das Fell, wog sie und schnitt ihnen die Krallen. Sie arbeitet jede Woche im Tierheim. Als wir zurückkamen, spielte ich ein paar Runden Karten mit Richie (ich ließ ihn sogar schummeln) und half Mirandas Mutter in der Küche. Später lud mich Miranda in ihr Zimmer oder, wie sie es nennt, in ihre »Chaos-Höhle« ein.

»Ich sollte dich warnen. Meine Eltern halten mein Zimmer für ein Gesundheitsrisiko und reden ständig von all den Krankheitserregern, die sich dort tummeln.«

Es war wahnsinnig unordentlich, und auf dem Boden lagen so viele Klamotten herum, dass man kaum einen Fuß auf die Erde setzen konnte. Aber es gab auch eine tolle Foto-Collage, die sich über eine ganze Wand erstreckte. Ich betrachtete sie eine Weile.

»Das ist klasse«, sagte ich.

»Ich weiß. Und jetzt fragst du dich bestimmt, wo all meine Urkunden sind.«

»Sag bloß, du hast auch welche!«, rief ich.

»Natürlich nicht. Das ist das Problem, wenn man ein Genie als Schwester hat – alle vergleichen dich mit ihr und stellen Erwartungen an dich. Ich schätze, darum hab ich mich nie in irgendetwas so richtig hineingekniet. Ich hätte bestimmt völlig versagt. Aber so fehlt mir wenigstens die letzte Gewissheit.«

Mirandas Mutter schaute herein.

»Willkommen auf der Müllkippe!«, rief Miranda nicht gerade gastfreundlich.

»Wie viele Tassen hast du mittlerweile hier oben?«, fragte ihre Mutter.

»Als ich das letzte Mal gezählt habe, waren es fünfundzwanzig«, antwortete Miranda.

»Bitte bring demnächst wieder ein paar in die Küche«, sagte Mirandas Mutter sanft. »Aber jetzt möchte Richie, dass ihr nach unten kommt. Archie hat ihm vorhin von Monopoly vorgeschwärmt.«

»Keine gute Idee«, murmelte Miranda.

»Er hat das Spiel herausgekramt und will es mit uns spielen«, sagte Mirandas Mutter.

Obwohl Miranda noch eine Weile vor sich hin schimpfte, spielten wir alle vier mit – und weißt du, was? Ich fühle mich bereits als Teil dieser Familie.

Heute war ein absolut toller Tag.

Sonntag, 29. März

11.00 Uhr

Habe lange geschlafen. Als ich nach unten kam, hörte ich Miranda sehr laut lachen. Ihre Mutter hatte sie gerade gefragt, ob wir ein Paar wären.

»Nein, nein«, sagte sie. »Archie ist nur ein Flüchtling und ich helfe ihm. Aber wir sind nicht zusammen.« Sie lachte noch einmal. Ich fand diesen Gedanken eigentlich nicht so wahnsinnig komisch.

Später fragte ich Miranda nach ihrem Liebesleben. Sie sagte, sie hätte einen Freund, aber er würde nicht in dieser Gegend wohnen.

»Hat er dir die Armbänder geschenkt?«, fragte ich.

Das hatte er.

Mehr wollte ich gar nicht hören. Aber ich bin froh, dass wir jetzt beide wissen, woran wir sind. Nun herrschen klare Verhältnisse. Nicht, dass es mir jemals in den Sinn gekommen wäre, wir könnten miteinander gehen.

14.30 Uhr

Habe gerade ein ausgesprochen schmackhaftes Mittagessen zu mir genommen. Ich wollte Mirandas Mutter wissen lassen, dass ich in Kürze Geld erwartete, um für meinen Lebensunterhalt aufkommen zu können. Darum erklärte ich ihr, ich hätte Dad gebeten, Verpflegungsgeld in einem Umschlag beim Postamt zu hinterlegen.

»Jeder Cent geht dann sofort an Sie«, sagte ich. Mein Angebot schien sie zu beeindrucken. Ich darf sie jetzt Julia nennen.

Heute Nachmittag rief Dad kurz an. Er fragte, ob ich nach Hause kommen wollte. Ich verneinte entschieden und fügte hinzu: »Ich bin jetzt hier zu Hause.«

Danach sagte Dad nicht mehr viel, sondern bat mich lediglich, ihm Julia zu geben.

21.00 Uhr

Habe Oma geschrieben und ihr meine neue Adresse mitgeteilt. Ich schrieb ihr, sie müsse sich keine Sorgen machen, weil ich hier sehr gut aufgehoben sei und ausgesprochen leckeres Essen bekäme.

Ich hoffe, ich kann sie bald besuchen. Vielleicht klappt es über Ostern. Nicht, dass ich hier nicht jede Menge Spaß hätte.

Den habe ich. Aber während der Ferien könnte es ziemlich eng werden, wenn Mirandas Dad und das »Genie« (wie Miranda ihre Schwester nennt) zurückkommen. Außerdem habe ich Oma schon seit einer halben Ewigkeit nicht mehr gesehen.

Zehntes Kapitel

Montag, 30. März

17.00 Uhr

Bin sehr früh aufgestanden. Als Julia nach unten kam, wurde sie vom Geruch nach gebratenem Schinken und frisch aufgebrühtem Kaffee begrüßt. Sie war überwältigt. Miranda behauptete später, ich würde angeben. Dabei wollte ich nur Danke sagen.

Als Miranda und ich zusammen zur Schule gingen, erregten wir ziemliches Aufsehen. Du weißt ja, wie schnell an Schulen Gerüchte entstehen. Alle schienen total schockiert zu sein, weil ich bei ihr eingezogen war.

»Ich dachte, du kannst ihn nicht leiden«, sagte ein Mädchen zu Miranda.

»Seitdem hat er gewaltige Fortschritte gemacht«, antwortete sie. »Hauptsächlich dank meines guten Einflusses.«

Sie erzählte, wie sie mich gerettet hatte, während ich neben ihr stand, unsicher grinste und mich wie einer der Hunde fühlte, denen sie am Samstag das Fell gewaschen hatte.

Tinkler gab Miranda heute ihre Armbänder zurück. Aber sie sah nicht allzu erfreut aus, sondern murmelte nur: »Wurde auch Zeit.«

In der Mittagspause hatte ich noch eine Extra-Mathestunde bei ihm. Hinterher erzählte ich Miranda, wie anders er dann immer war – richtig hilfsbereit und geduldig.

Alles, was sie dazu sagte, war: »Tja, ich plane mal wieder einen kleinen Streik in seinem Unterricht, und diesmal lässt du mich besser nicht im Stich.«

18.00 Uhr

Miranda hat mir gerade erzählt, dass Dad vorbeigekommen ist, als ich heute in der Schule war. Sie glaubt, er wollte in Ruhe mit ihrer Mutter reden, um ein Abkommen mit ihr zu treffen. Das sind ausgezeichnete Neuigkeiten.

Dienstag, 31. März

Heute tauchte der Direktor auf und fragte, wie es mir geht. Wir unterhielten uns nur ein paar Minuten, aber Miranda wurde fuchsteufelswild. »Hör auf, dich bei Leuten wie ihm einzuschleimen. Das ist eine sehr schlechte Angewohnheit.«

»Ich hab mich nicht eingeschleimt«, gab ich zurück. »Er wollte sich nur nach meinem Befinden erkundigen und …«, ich zögerte, bevor ich fortfuhr, »… und fragen, ob ich Lust habe, in der Schulversammlung noch eine Stepptanznummer vorzuführen.«

»Nur über meine Leiche!«, rief sie. »Du bist doch nicht sein kleiner, dressierter Affe!«

Ich hatte bereits abgelehnt, aber Mirandas herrische Art gefiel mir trotzdem nicht.

Heute Abend rief Oma an. Sie klang sehr besorgt. Aber ich tat mein Bestes, um sie zu beruhigen – und ich glaube, es ist mir gelungen.

Mittwoch, 1. April

17.30 Uhr

Bin sehr in Eile.

Als ich heute von der Schule zurückkam, wartete Julia auf mich. Sie wollte unter vier Augen mit mir sprechen. Sie sagte, Dad würde mich in seinem Haus erwarten, um mit mir zu reden. (Wie du sicher bemerkt hast, nenne ich es nicht mehr mein Haus.) Julia meinte, ich sollte unbedingt hingehen.

»Du willst mich wohl loswerden, was?«, witzelte ich. »Dabei hast du noch nicht mal meinen Spezial-Bananen-Milchshake probiert.« Den hatte ich eigentlich heute Abend für alle zubereiten wollen.

»Nein, Archie«, antwortete Julia. »Ich hab dich wirklich gerne hier zu Gast, und wenn es nicht gut läuft, kannst du sofort wieder zurückkommen.«

»Meinst du das wirklich ehrlich?«, rief Miranda, die plötzlich hereinplatzte. »Ich weiß, wie ihr Erwachsenen seid! Ihr sagt das eine und tut dann das genaue Gegenteil.«

Aber Julia wiederholte ihr Angebot noch einmal – und ich glaube ihr. Miranda glaubt ihr auch irgendwie. Sie bot an, mich zu begleiten. Als ich sagte, ich würde lieber alleine gehen, sah sie etwas enttäuscht aus.

Ich weiß nicht, was Dad … Tut mir leid, Julia ruft. Keine Zeit mehr.

22.30 Uhr

Als ich den letzten Eintrag schrieb, wollte ich mich gerade auf den Weg zu Dad machen. Tja, er wartete an der Haustür auf mich. Erst wirkte er etwas zappelig – ein sicheres Zeichen dafür, dass er nervös war.

»Komm doch rein, Archie. Kann ich dir irgendetwas anbieten? Eine Tasse Tee? Ein Stück Kuchen? Ein Sandwich?«

»Nein, vielen Dank«, sagte ich bestimmt. Ich sah mich schnell ein wenig um. Das Haus war sehr sauber. Dann warf ich heimlich einen Blick in den Kühlschrank. Er war vollgestopft mit Gemüse und Cheryls bevorzugten Lebensmitteln. Es kam mir vor, als wäre ich fünf Monate weg gewesen – und nicht fünf Tage. Dad schien es genauso zu gehen. Warum behandelte er mich sonst wie einen Besucher?

»Setz dich doch aufs Sofa. Schön, schön. Also, wie geht's dir so?«

»Ich bin bei bester Gesundheit, vielen Dank.«

Ich fragte mich, wo Cheryl und Eliza waren. Hatte Dad sie für ein oder zwei Stunden weggeschickt oder hockten sie oben und belauschten unsere Unterhaltung?

Als ob er meine Gedanken lesen könnte, sagte Dad: »Übrigens, Cheryl und Eliza sind fort.«

»Fort?« Mein Herz schlug zwei Purzelbäume hintereinander.

»Sie sind gestern Abend ausgezogen. Sie wohnen jetzt bei anderen Freunden.«

»Sie waren bestimmt wütend, oder?«, fragte ich.

»Nein, sie haben sich nur geärgert, weil sie immer noch nicht in ihr neues Haus ziehen können. Sie wurden in letzter Zeit so viel herumgestoßen. Aber sie haben eingesehen, dass sie hier nicht länger bleiben können. Unser kleines Experiment hat leider nicht so richtig funktioniert. Aber was soll's, immerhin haben wir alle etwas daraus gelernt. Ich zumindest. Und jetzt …« Er lächelte mir erwartungsvoll zu. Aber ich sagte kein Wort, weil ich so mit Nachdenken beschäftigt war.

Dad sprang auf. »Lass mich dir wenigstens eine Tasse Tee machen, um deine Rückkehr zu feiern. Ich trinke eine mit.«

Er stürmte in die Küche, während ich wie betäubt auf dem Sofa sitzen blieb. Da klingelte mein Handy.

»Was ist passiert?« Miranda klang ängstlich. Ich erklärte ihr kurz die Situation.

»Hat er die eiserne Lady und den Teufelsbraten denn komplett abgesägt?«

»Keine Ahnung.«

Sie machte ein ungeduldiges, schnalzendes Geräusch. »Trägt er noch ihren Ring?«

Darüber musste ich erst nachdenken. »Ja, ich glaube schon«, sagte ich schließlich.

»Dann ist er immer noch mit ihr zusammen.«

»Nicht unbedingt, vielleicht gefällt ihm der Ring einfach …«

»Unsinn!«, rief sie schrill in mein Ohr. »Sieh mal, du bist im Moment in einer sehr starken Position. Und das musst du so gut wie möglich ausnutzen. Also sag ihm, du kommst nur zurück, wenn er für immer mit ihr Schluss macht.«

»Okay«, murmelte ich unsicher.

»Tust du es nicht, wartet Cheryl nur ein paar Tage, bis sich die ganze Aufregung gelegt hat, und kommt wieder zurück. Dann wird sie noch unausstehlicher sein als vorher. Also, hör gut zu. Du fragst deinen Vater: ›Hast du dich von Cheryl getrennt?‹ Und wenn er Nein sagt, stehst du sofort auf und gehst. Klar?«

»Klar«, sagte ich.

»Denk dran, Archie, traue niemandem …«

»… außer einem Unruhestifter«, ergänzte ich.

Sie lachte. »Merk dir das!«

Ihre Worte hallten immer noch in meinem Kopf wider, als Dad mit einem Tablett zurückkam, auf dem Tee und Kekse standen. »Hast du dich von Cheryl getrennt?«, platzte ich heraus.

Er zuckte zusammen. »Nein … nein, wir sind immer noch gute Freunde und werden uns auch weiterhin sehen.«

Ich stand sofort auf.

»Hör zu, du darfst Cheryl nicht für das verantwortlich machen, was passiert ist. Es war meine Schuld. Ich habe sie in eine unmögliche Situation gebracht.«

»Und was ist mit mir?«, rief ich. »Mich hast du auch in eine unmögliche Situation gebracht!«

»Ja, ja, ich weiß. Aber Cheryl dachte wirklich, sie würde helfen. Ich hatte sie sogar um ihre Hilfe gebeten. Ich war mit der Situation überfordert, darum habe ich alles ihr überlassen. Das war ein großer Fehler … doch das liegt jetzt hinter uns. Von nun an wird es bestimmt viel besser mit Cheryl laufen …«

»Das sagst du jetzt«, unterbrach ich ihn. »Aber kannst du mir dafür auch irgendwelche Garantien bieten?«

Er zögerte. »Na ja …«, stotterte er.

Ich ging in den Flur, ohne abzuwarten, was er noch zu sagen hatte. »Ich laufe zu Fuß zurück zu Miranda«, sagte ich. »Vielen Dank, dass du mich auf den neuesten Stand gebracht hast.«

»Nein, Archie!«, rief Dad. »Bitte geh nicht so!«

Ich blieb stehen. Und dann sah ich etwas Unglaubliches. All meine Porzellanfiguren auf dem Regal im Flur waren weg. Nicht eine einzige stand noch da.

»Wo sind sie?«, keuchte ich und zeigte auf das Regal.

»Darüber wollte ich auch noch mit dir reden. Wir dachten, solange du weg bist, wären die Figuren oben in deinem Zimmer besser aufgehoben …«

»Es gibt in diesem Haus also tatsächlich nichts mehr, das an mich erinnert«, fuhr ich ihn an. »Überhaupt nichts!« Ich stürmte genau in dem Moment hinaus, als Miranda und ihre Mutter mit dem Auto vorfuhren.

»Ich möchte jetzt sofort hier weg!«, rief ich. Und nachdem Mirandas Mutter kurz mit Dad gesprochen hatte, passierte genau das.

Später erzählte ich Miranda, was ich dir gerade erzählt habe. Sie seufzte die ganze Zeit über empört und drückte dann kurz meine Hand. »Dein Vater ist echt das Letzte. Am besten vergisst du ihn einfach.«

Sie hat bestimmt recht.

Aber wie kann man seinen Vater einfach vergessen?

Donnerstag, 2. April

Heute begann ein neuer Streik in Tinklers Unterricht, den natürlich Miranda organisiert hatte. Diesmal weigerten wir uns alle, mit ihm zu sprechen. Immer wenn er eine Frage stellte, zuckten wir nur mit den Schultern oder schüttelten die Köpfe.

Miranda hatte gehofft, er würde total ausrasten und wir hätten eine Menge Spaß. Aber sie hatte sich getäuscht. Alles, was er sagte, war: »Okay, von mir aus könnt ihr stumm bleiben. Dann macht es euch ja bestimmt auch nichts aus, wenn ich das Arbeitspensum ein wenig erhöhe.«

Wegen einer Lehrerkonferenz musste Tinkler meine Extra-Mathestunde auf den Nachmittag verschieben. Ich freute mich nicht besonders darauf. Aber für ein paar Minuten hatte ich tatsächlich das Gefühl, Mathe zu verstehen. Wenn er während des Unterrichts doch nur genauso wäre!

Als ich meine Sachen einpackte, sagte er: »Wie ich gehört habe, wohnst du jetzt bei Miranda Jones.« Ich bestätigte das. Diese Neuigkeit schien ihm nicht besonders zu gefallen.

Er lehnte sich vor und flüsterte, als würde er mir ein großes Geheimnis verraten: »Wirf nicht alles weg, was du erreicht hast, nur für ein paar Augenblicke flüchtiger Beliebtheit … Ich glaube, du bist mehr wert als das.«

Die letzten Worte sagte er sehr langsam und bedeutungsvoll. Und genau in diesem Moment wurde mir etwas klar. Ein Gedanke schoss mir durch den Kopf und nahm mir fast den Atem. Ich konnte ihn nicht für mich behalten. Die Worte sprudelten nur so aus mir heraus.

»Entschuldigen Sie die Frage, aber dieses Gruppenfoto, das Sie für die Zeitung gemacht haben, ist *doch* etwas geworden, oder?«

»Allerdings«, sagte Tinkler leise.

»Also haben Sie gesehen, was ich getan habe«, sagte ich noch leiser. Ich wurde knallrot vor Scham. »Doch Sie haben es niemandem gesagt. Sie haben sogar so getan, als wäre das Foto nichts geworden. Warum haben Sie das gemacht?«

Mr Tinkler sah mich plötzlich direkt an. »Weil das nicht dein wahres *Ich* war. Du hast dich nur deshalb so verhalten, weil du vorübergehend vom richtigen Weg abgekommen warst.«

»Nein«, fing ich an. Aber dann beschloss ich, dass dies nicht der richtige Moment war, um ihm von meiner völlig neuen Persönlichkeit zu erzählen. Darum sagte ich nur: »Vielen Dank. Ich stehe in Ihrer Schuld.« Dann fügte ich schnell hinzu: »Und was Miranda Jones betrifft: Sie haben sie sofort in eine Schublade gesteckt und ihr nie eine Chance gegeben. Aber solange Sie Miranda als schlechten Menschen sehen, wird sie sich auch wie einer benehmen, oder?«

Mr Tinkler sprang auf. »Vielen Dank«, sagte er, und sein Tonfall machte deutlich, dass die Unterhaltung beendet war. Sein Gesicht war wie versteinert.

Ich ging ohne ein weiteres Wort hinaus.

Später redete ich mit Miranda über die Sache.

»Tinkler hatte bestimmt seine eigenen Gründe, das Foto verschwinden zu lassen«, sagte sie barsch. »Wahrscheinlich hatte er Angst, es würde so aussehen, als wäre er total unbeliebt – was ja auch stimmt. Morgen geht der Streik weiter.«

»Aber wozu soll das denn gut sein?«, fragte ich. »Er halst uns nur wieder zusätzliche Arbeit auf.«

»Ich habe ganz den Eindruck«, sagte Miranda streng, »als ob du gerade einen heftigen Rückfall bekommst, so dicke, wie du plötzlich mit Tinkler bist.«

»Das ist nicht wahr!«, rief ich.

»Jedenfalls fällst du geradewegs in deine alten, schlechten Gewohnheiten zurück.«

»Das kannst du so nicht sagen.«

»Ich hab's aber gerade so gesagt.« Damit rauschte sie davon. Sie war ausgesprochen schlecht gelaunt. Seitdem haben wir nicht mehr miteinander geredet.

20.30 Uhr

Habe gerade Dads ersten Fernsehauftritt in *Rivalen* gesehen. Ich bin vor Stolz beinahe geplatzt. Er war wahnsinnig gut. Ich finde, er hat allen die Show gestohlen.

Es war ziemlich seltsam, Dad im Fernsehen zu sehen, während ich neben Julia und Richie auf dem Sofa saß (Miranda ist in ihrem Zimmer geblieben). Richie hüpfte die ganze Zeit herum und rief: »Ist das wirklich dein Dad?«

Hinterher fragte Julia, ob ich Dad anrufen wollte. Und das wollte ich unbedingt. Ich wählte seine Nummer, aber es war besetzt. Wahrscheinlich sprach er gerade mit Cheryl. Ich habe es nicht noch einmal versucht.

22.15 Uhr

Miranda hat mir gerade erzählt, warum sie vorhin so schlecht gelaunt war. Als sie aus der Schule kam, hörte sie ihre Mutter telefonieren – und Julia erwähnte mehrmals ihren Namen. Also blieb Miranda nichts anderes übrig, als am anderen Apparat mitzuhören, um mehr in Erfahrung zu bringen.

Wie sich herausstellte, sprach Julia mit einer Erziehungsberaterin! Ich hatte noch nie davon gehört, aber laut Miranda ist das der neuste Schrei. »Natürlich drehte sich die gesamte Unterhaltung nur um mich«, sagte Miranda. »Die Beraterin quatschte die ganze Zeit davon, dass meine Mutter mir gegenüber ›niemals negative Ausdrücke benutzen‹ und in allem, was ich tue, ›etwas Lobenswertes finden‹ sollte. Es hörte sich an, als wäre ich irgendeine gefährliche Irre.«

»Du bist keine Irre«, sagte ich sofort. »Aber du kannst schon ziemlich gefährlich sein.«

Miranda lächelte kurz.

»Aber was mich wirklich fertigmacht, ist, dass ich tatsächlich geglaubt habe, Mum würde anfangen, mich zu mögen«, fuhr sie fort. »Ich hätte es wissen müssen ... Man kann keinem einzigen Erwachsenen trauen.«

Freitag, 3. April

14.30 Uhr

Unsere Klasse hat sich geweigert, den Streik in Mr Tinklers Unterricht fortzusetzen. Denn wenn wir streiken, müssen wir härter arbeiten als an einem normalen Tag.

»Na und?«, rief Miranda. »Hier geht es schließlich ums Prinzip!« Aber mit dieser Meinung stand sie ziemlich alleine da. Insgeheim war ich sehr erleichtert (aber das muss unbedingt unter uns bleiben).

Ich hatte die verrückte Hoffnung, Tinkler würde sich bei Miranda für sein unfaires Verhalten entschuldigen. Nichts dergleichen geschah, aber immerhin sagte er »Danke, Miranda«, als er unsere Hefte einsammelte. Hinterher tat Miranda so, als hätte sie es nicht bemerkt. Sie hat es garantiert gehört.

Könnte das ein erstes Anzeichen für Tauwetter zwischen den beiden sein?

17.00 Uhr

Du wirst nicht glauben, wen ich gerade gesehen habe: Oma! Sie wartete bei Miranda auf mich. Es war eine tolle Überraschung.

»Na, hast du deine Oma vermisst?«, fragte sie.

»Und ob!«, rief ich und warf mich in ihre Arme.

Sie fand, ich wäre gewachsen, hätte aber ein schmaleres Gesicht bekommen. All ihre (und meine) Freundinnen ließen mich grüßen. Sie können es kaum erwarten, mich wiederzusehen. Bei Senioren war ich schon immer sehr beliebt.

Oma und ich gehen jetzt zum Essen aus. Miranda flüsterte mir zu, ich sollte sehr vorsichtig sein. »Sie könnte für deinen Vater arbeiten. Vergiss nicht: Du gehst nur zurück, wenn deine Bedingungen voll erfüllt werden – was nie passieren wird. Du bist jetzt hier zu Hause, richtig?«

Ich stimmte ihr zu.

Bin bald zurück.

22.30 Uhr

Es gibt viel zu erzählen.

Zuerst einmal hatten Oma und ich ein wirklich nettes Abendessen zu zweit. Ich war so glücklich, wieder mit ihr zusammen zu sein. Aber als wir bei der Mousse au Chocolat angekommen waren, wurde unsere Unterhaltung etwas ernsthafter.

Oma erzählte mir, sie wäre schon früher am Nachmittag angekommen und hätte ein langes Gespräch mit Dad geführt. »Was ich dir jetzt sage, habe ich ihm auch gesagt, es geschieht also nicht hinter seinem Rücken. Aber ich kann einfach nicht länger schweigen. Ich bin furchtbar wütend darüber, wie er und seine Freundin dich behandelt haben. Und ich möchte, dass du morgen mit mir nach Hause fährst.«

»Morgen!«, keuchte ich.

»Ja, genau. Wir feiern zusammen Ostern, du kannst wieder auf deine alte Schule gehen und … tja, genauso weiterleben wie vorher.«

»Aber Dad würde nicht mitkommen?«

»Nein«, sagte sie bestimmt. »Er kann dich besuchen, sooft du möchtest. Das liegt ganz bei dir. Ich würde mich wahnsinnig freuen, wenn du mit mir zurückfahren würdest.«

In ihrem Gesicht begann es zu zucken. In meinem auch.

Und ehe ich es mich versah, hatte ich zugestimmt, wieder zu Oma zu ziehen. Ja, ich weiß, nur eine Stunde vorher hatte ich Miranda versprochen, weiter bei ihr zu wohnen, und das will ich auch immer noch.

Warte mal eine Sekunde, bin gerade etwas verwirrt.

Auf jeden Fall sagte Oma, wir sollten jetzt besser zu Dad gehen und ihm meine Entscheidung mitteilen. Mein Magen zog sich zusammen. »Wahrscheinlich ist er froh, mich los zu sein.«

»Nein, das glaube ich nicht«, murmelte Oma.

Das Taxi hielt vor meinem alten Zuhause. Dad tauchte aus der Dunkelheit auf. Er hatte offensichtlich nach uns Ausschau gehalten.

»Das hat aber lange gedauert«, sagte er.

»Nein, hat es nicht«, erwiderte Oma ziemlich schnippisch.

Im Flur fiel mir als Erstes auf, dass all meine Porzellanfiguren wieder auf dem Regal standen. Dann bemerkte ich jede Menge Süßigkeiten und Knabbereien auf dem Wohnzimmertisch. Dort standen ganze Platten voller Kuchen, Kekse, Schokolade und Chips – genug für eine kleine Party.

»Wir haben gerade gegessen«, sagte Oma.

»Natürlich.« Dad machte ein langes Gesicht. »Na ja, vielleicht bekommt ihr später noch Appetit.«

»Also«, begann Oma in geschäftsmäßigem Ton. »Ich habe Archie erklärt, dass er bei mir leben kann, wenn er das möchte. Und genau das ist sein Wunsch, nicht wahr, Archie?« Sie sah mich an.

»Ja, das stimmt«, sagte ich und war so durcheinander wie noch nie in meinem Leben.

»Darum schlage ich vor, Archie kommt morgen früh her, packt seine Sachen, und dann nehmen wir den nächsten Zug ...« Sie redete immer weiter. Dads Augen waren weit aufgerissen und starrten ins Leere. Er sah aus wie jemand, den man mitten in der Nacht plötzlich geweckt hat.

»Ich fahre jetzt mit Archie zurück«, sagte Oma, »und erkläre Miranda und Mrs Jones die Situation. Ich habe bereits ein Taxi bestellt.« Wie aufs Stichwort klingelte es an der Tür.

Oma verließ taktvoll das Zimmer, damit Dad und ich einen Moment allein sein konnten. Er bestand darauf, mir einen Teil der Süßigkeiten einzupacken. Er brauchte Ewigkeiten dafür. Ich hätte ihm gerne geholfen, hielt mich aber zurück.

»Dann hast du in den Ferien was zu knabbern«, sagte Dad.

»Vielen Dank«, antwortete ich.

»Und Archie – es tut mir furchtbar leid, dass ich alles vermasselt habe. Ich kann es dir nicht verübeln, dass du zu deiner Oma ziehen willst.« Seine Stimme begann zu zittern. »Ich habe es nicht anders verdient.« Er streckte mir die Hand hin. »Ich komm dich so bald wie möglich bei deiner Oma besuchen. Pass gut auf dich auf, ja?«

»Du auch«, sagte ich. »Übrigens warst du gestern in *Rivalen* absolut großartig, und ich werde …«, jetzt begann meine Stimme ebenfalls zu zittern, »ich werde deine Laufbahn mit großem Interesse weiterverfolgen.«

Danach rannte ich aus dem Haus und sprang ins Taxi. Es fuhr sofort los. Ich saß auf der Rückbank und atmete heftig. Plötzlich rief ich: »Anhalten, bitte! Ich habe etwas vergessen.«

Das war eine glatte Lüge, aber ich konnte einfach noch nicht gehen. Ich rannte die Auffahrt wieder hinauf. Dad stand immer noch dort und sah vollkommen niedergeschlagen aus. Er erblickte mich und keiner von uns sagte ein Wort. Wir fielen uns in die Arme und hielten uns lange fest. Dann gingen wir zusammen ins Haus – und ob du es glaubst oder nicht: Ich werde wieder bei meinem Vater einziehen!

Ich wette, jetzt bist du völlig durcheinander, oder? Tut mir leid. Aber ich befand mich tagelang in einem Zustand der totalen Verwirrung. Doch jetzt bin ich mir ziemlich sicher, *endlich* die richtige Entscheidung getroffen zu haben.

Oma sah sehr enttäuscht aus, als ich ihr meinen Entschluss mitteilte, aber sie sagte nur: »Wenn es das ist, was du willst, dann stehe ich voll hinter dir, mein Schatz.«

Miranda war wesentlich wütender. Sie stapfte in meinem Zimmer auf und ab und rief: »Aber du weißt doch gar nicht, was mit Cheryl ist. Trifft er sich noch mit ihr?«

»Ich hab ihn nicht gefragt.«

»Was?«, schrie sie.

»Ich bin mir einfach sicher, dass es jetzt okay sein wird.«

Miranda sah mich an. Ihre Augen waren plötzlich sehr dunkel. »Und ich bin mir einfach sicher, dass du den Verstand verloren hast.« Dann ging sie ohne ein weiteres Wort hinaus.

Elftes Kapitel

Samstag, 4. April
12.30 Uhr

Gleich nach dem Frühstück packte ich meine Sachen. Julia und Richie halfen mir. Miranda blieb in ihrem Zimmer. Schließlich klopfte ich an ihre Tür und ging hinein. Sie saß auf ihrem Bett, hatte die Arme um den Oberkörper geschlungen und starrte aus dem Fenster.

»Gibt es da draußen irgendetwas Interessantes zu sehen?«, fragte ich fröhlich.

»Den Regen«, antwortete sie. Die Tropfen klatschten nur so gegen die Scheibe. »Regen ist mein absolutes Lieblingswetter. Er verdirbt einem alles und man bekommt automatisch schlechte Laune.« Plötzlich drehte sie sich zu mir um und sah, was ich um den Hals trug.

»Ich dachte, du hättest diesen schrecklichen Schal schon vor Wochen verbrannt.«

»Nein, ich hab ihn immer noch und ich wollte ihn heute tragen, weil ich mich nachher noch mit meiner Oma treffe. Aber eigentlich bin ich gekommen, um mich von dir zu verabschieden.«

»Lass dich nicht aufhalten«, sagte sie matt. »Lauf zurück zu Daddy. Ich wette, du kannst es kaum erwarten, ihm wieder in den Hintern zu kriechen.«

»Jetzt wirst du aber wirklich ungerecht!«, protestierte ich.

»Nein, werde ich nicht.« Sie stand auf und sah mir direkt ins Gesicht. »Du bist in den letzten Tagen immer schwächer geworden. Wenn du so weitermachst, bist du bald wieder genauso ein furchtbarer Schleimer wie früher.« Ihre Stimme schwoll vorwurfsvoll an. »Du wolltest beim Streik gegen Tinkler auch nicht mitmachen, stimmt's?«

Ich zögerte.

»Na los, gib's zu!«

»Na ja, nein, wollte ich nicht. Er ist wirklich nicht so schlimm, wie du glaubst.«

»Wie bitte?«, kreischte sie.

»Er hat ein paar schwere Fehler gemacht, vor allem was dich betrifft. Aber ich glaube, er weiß das jetzt, und wenn wir ihm nur eine Chance geben würden …«

»Hau bloß ab, bevor mir schlecht wird!«, rief sie. »Los, verschwinde! Ich bin fertig mit dir!«

Ihre Worte waren wie ein Schlag in die Magengrube. Einen Moment war ich wie betäubt, dann platzte ich heraus: »Du erzählst immer, die Erwachsenen wollten uns kontrollieren, dabei bist du selbst auch nicht besser. Ich soll keinen Regenschirm dabeihaben. Ich darf den Schal nicht tragen, den ich mag. Ich darf niemals freiwillig mit einem Lehrer reden … du stellst jede Menge Regeln auf. Weißt du, was? Ich bin immer noch genauso ein Streber wie vorher. Nur mache ich jetzt alles, was *du* mir sagst. Übrigens glaube ich nicht, dass alle Menschen entweder Streber oder Unruhestifter sind. Es kann schließlich nicht nur zwei Arten von Menschen geben …«

»Soll ich dir was sagen? Das ist mir total egal!«, schrie Miranda und machte eine abwehrende Handbewegung.

»Ich weiß!«, schrie ich zurück. »Hauptsache, ich krieche ständig vor dir im Staub und gehorche deinen Befehlen.«

Miranda hatte mir den Rücken zugedreht, aber ich war immer noch nicht fertig. »Ein echter Freund ist jemand, der mich so mag, wie ich bin. Auch wenn ich mein wahres Ich selbst noch nicht richtig kenne. Aber für dich bin ich gar kein echter Mensch, sondern nur so eine Art Experiment …«

Miranda fuhr herum. Sie sah verletzt aus. Sie stürmte an mir vorbei, rannte die Treppe hinunter und knallte die Haustür zu.

Julia kam nach oben. »Seit ein paar Tagen ist sie in so einer merkwürdigen Stimmung … Ich glaube, der Abschied von dir nimmt sie ganz schön mit. Aber mach dir keine Sorgen, sie kommt dich bestimmt bald besuchen.«

Das bezweifle ich. Ich habe ihr ein paar ziemlich heftige Sachen an den Kopf geworfen. Und ich bereue bereits jedes einzelne Wort.

Dad fuhr vor und wir packten meine Sachen ins Auto. Als wir nach Hause kamen, drückte er mich ganz fest. Ich fühlte mich, als wäre ich gerade von einem weit entfernten Planeten zurückgekommen.

22.00 Uhr

Dad, Oma und ich sind heute Abend essen gegangen, um

meine Rückkehr zu feiern. Wir hatten uns gerade hingesetzt, da kam eine Frau an unseren Tisch und fragte Dad, ob er in *Rivalen* mitspielen würde. Als er Ja sagte, leuchtete ihr Gesicht auf, und sie gab ihm ein Stück Papier, auf dem er unterschreiben sollte.

»Mein allerererstes Autogramm«, sagte Dad hinterher ziemlich erstaunt.

Sonntag, 5. April

Oma ist heute Morgen wieder gefahren. Aber ich habe bald Geburtstag, und Dad hat mir versprochen, dass wir sie dann besuchen.

»Vergiss nicht, mein Zimmer vorzubereiten«, sagte ich.

»Dein Zimmer ist jetzt schon bereit, mein Schatz«, erwiderte sie.

Heute Nachmittag rief ich Miranda an, um mich aufrichtig bei ihr zu entschuldigen. Aber sie legte gleich wieder auf.

Was habe ich nur getan?

Montag, 6. April

In der Schule bin ich zu Miranda gegangen, obwohl sie jeden, der sich ihr näherte, mit finsteren Blicken bombardierte.

»Ich wollte mich für deine Hilfe bedanken«, sagte ich. »Sie war von unschätzbarem Wert.« Ich hätte gerne noch hinzugefügt, dass ich die letzten Wochen ohne ihre klugen Ratschläge und ihre Energie nicht überstanden hätte – aber ich bekam keine Möglichkeit mehr dazu.

»Von jetzt an helfe ich nur noch Tieren«, fuhr sie mich an. »Mit Menschen hat man nichts als Ärger.« Dann drehte sie sich um und ging davon.

Hat sie denn gar nicht gemerkt, wie leid es mir tut?

Dienstag, 7. April

Letzter Schultag vor den Osterferien.

Mr Tinkler war heute im Unterricht ein bisschen lockerer. Und er ist weiterhin höflich zu Miranda. Inzwischen ist es allen aufgefallen. Ich habe ihm erzählt, dass ich jetzt wieder bei meinem Vater wohne, und das schien ihn sehr zu freuen.

Nach der Schule wünschte ich Miranda schöne Ferien. Sie warf mir einen finsteren Blick zu. Wie lange will sie noch so feindselig sein? Hat sie vergessen, was für eine schöne Zeit wir hatten?

Mittwoch, 8. April

Dad hat sich heute Abend mit Cheryl getroffen. Er war nur ein paar Stunden weg. Hinterher hatte er ein ziemlich schlechtes Gewissen. Aber ich gönne ihm die Verabredungen mit Cheryl. Ich will nur nicht, dass sie wieder hier einzieht. Das habe ich ihm auch gesagt.

»Es ist ziemlich nett, mit einer Frau befreundet zu sein, findest du nicht? Warum lädst du Cheryl nicht am Samstag zum Essen ein?«

Meine neue Gelassenheit schien Dad ziemlich zu verblüffen. Und mich auch.

Donnerstag, 9. April

Dad hat angeboten, mich demnächst einmal zum Set von *Rivalen* mitzunehmen, damit ich bei den Dreharbeiten zuschauen kann. Das wäre wirklich toll. Ich darf sogar einen Freund mitbringen. Musste sofort an Miranda denken und wurde wieder sehr traurig.

Freitag, 10. April

Ein paar Gedanken über Miranda:

Sie platzte in mein Leben wie eine Sternschnuppe und erschütterte mein ruhiges Dasein. Jetzt ist sie so weit weg wie ein Planet am anderen Ende des Universums.

Ich vermisse sie jede einzelne Minute.

Bin zu deprimiert, um weiterzuschreiben.

Samstag, 11. April

22.30 Uhr

Heute kam Cheryl zum Abendessen vorbei. Ich fragte sie, ob sie irgendwelche besonderen Wünsche hätte. Sie antwortete, sie würde das Kochen liebend gerne vollkommen mir überlassen. Und ich kann dir stolz berichten, dass sie ihren Teller völlig leer gegessen und das Essen als »ausgesprochen köstlich« bezeichnet hat – was ich nur bestätigen kann.

Hinterher war ich schrecklich müde. Nicht nur wegen des Kochens, sondern auch wegen der innerlichen Anspannung. Als Cheryl gegangen war, saß Dad in der Küche und sah mir beim Aufräumen zu. Er schien tief bewegt zu sein. Schließlich sagte er mit heiserer Stimme: »Du warst heute Abend absolute Spitzenklasse, Archie.«

23.15 Uhr

Ob ich Miranda morgen ein Osterei vorbeibringen soll? Sie mag Schokolade ziemlich gern.

Könnte das eine Möglichkeit sein, unsere Freundschaft wiederherzustellen?

Sonntag, 12. April

Habe Miranda heute ihr Osterei vorbeigebracht. Es war eins der größten, das sie im Laden hatten. Ich wollte nicht angeben, sondern Miranda nur zeigen, wie gerne ich wieder freundschaftliche Beziehungen zu ihr aufnehmen würde.

Julia öffnete die Tür und bat mich sofort herein. Sie freute sich sehr, mich wiederzusehen. Ich erzählte ihr von meinem Geschenk für Miranda. Sie lief nach oben, um Miranda zu holen. Sie blieb lange weg, was nichts Gutes verhieß. Schließlich kehrte sie allein zurück. »Es tut mir furchtbar leid, aber Miranda kann gerade nicht herunterkommen.«

Ich tat so, als würde ich ihr glauben, und sagte: »Könntest du Miranda bitte dieses Schokoladen-Ei geben und ihr frohe Ostern von mir wünschen?«

»Natürlich«, sagte Julia. »Das ist sehr nett von dir.«

»Würdest du ihr auch ausrichten, dass ich am Freitag Geburtstag habe? Ich fahre um elf zu meiner Oma, aber wenn Miranda Lust hat, kann sie vorher gerne vorbeikommen, damit wir auf meinen Geburtstag anstoßen können …«

»Ich sag's ihr, Archie.«

Dann, als ich gerade gehen wollte, lud mich Julia zu einer Tasse Tee ein. »Du musst Geduld haben, Archie«, sagte sie. »Miranda ist nicht so hart, wie sie tut. Leider wurde sie immer mit ihrer Schwester verglichen. Die Lehrer sagten ständig zu mir: ›Sie ist nicht wie Claire, oder?‹ Und ich dachte jedes Mal: Natürlich ist sie nicht wie Claire, und das soll sie auch gar nicht. Sie soll einfach sie selbst sein.« Sie fügte verschwörerisch flüsternd hinzu: »Wir haben unsere Höhen und Tiefen gehabt, aber in letzter Zeit sind wir wesentlich besser miteinander zurechtgekommen. Im Moment allerdings … na ja, in den vergangenen Tagen hat sie sich total zurückgezogen.«

Julia sah ziemlich unglücklich aus, darum erzählte ich ihr, dass Miranda über den Erziehungsberater Bescheid wusste.

»Ich wollte nur ein wenig Hilfe, bevor Miranda in die Pubertät kommt und mir endgültig entgleitet«, erklärte sie. Dann dankte sie mir für die Information.

Es war doch richtig, Julia davon zu erzählen, oder? Mein Leben ist im Moment so kompliziert!

Montag, 13. April

Hatte gehofft, Miranda würde anrufen und sich für das Osterei bedanken. Hat sie aber nicht. Offenbar hat sie mir die Vorwürfe, die ich ihr in der Hitze des Augenblicks an den Kopf geworfen habe, immer noch nicht verziehen.

Ich fürchte, Miranda kann ziemlich nachtragend sein. Also fangen wir vielleicht erst irgendwann in der Abschlussklasse an, wieder miteinander zu reden.

Mittwoch, 15. April

Habe Dad heute Abend von meinen Problemen mit Miranda erzählt. Er legte sein Drehbuch beiseite und hörte mir aufmerksam zu. Dann sagte er bedauernd, er glaube nicht, dass ich sonst noch etwas tun könnte. Jetzt wäre Miranda am Zug.

Ich war dankbar für seine Meinung, die mich jedoch nicht gerade aufmunterte. Aber ich versuche trotzdem, mich irgendwie zu beschäftigen. Habe heute einen neuen Haushaltsplan aufgestellt. Dad will seinen Anteil diesmal unbedingt selbst erledigen. Außerdem suche ich gerade ein paar neue Rezepte heraus. Das Leben muss schließlich weitergehen, auch wenn mir das Herz sehr schwer ist.

Freitag, 17. April

11.15 Uhr

Gerade ist etwas Unglaubliches passiert! Ich muss es sofort aufschreiben.

Heute früh wartete ich auf Miranda, um mit ihr auf meinen Geburtstag anzustoßen. Aber ich wartete vergebens. Nicht einmal meine Geschenke konnten mich über die schmerzliche Enttäuschung hinwegtrösten. Dann, um Punkt elf, klingelte es.

Ich stürzte zur Tür – und draußen stand Miranda. Sie war so angezogen wie ich, genau wie vor einiger Zeit in der Schule. Sie hatte sich wieder einen Regenschirm unter den einen Arm und eine Zeitung unter den anderen geklemmt. Ihre Schuluniform sah tadellos aus und jeder einzelne Knopf war geschlossen. Sie hatte sogar den ellenlangen und leicht stinkenden Schal ausgegraben, den sie damals getragen hatte.

»Guten Morgen«, sagte sie und machte meine Stimme dabei ziemlich gut nach.

Ich spielte mit. »Hallo, Archie, wie geht's dir?«

»Meine Gesundheit ist ausgesprochen zufriedenstellend, vielen Dank«, sagte Miranda. »Miranda weigert sich, zu deinem Geburtstag zu kommen. Sie ist eingeschnappt, aber sie hat mich gebeten, dir ein Geschenk vorbeizubringen.«

»Das ist sehr großzügig von ihr«, sagte ich.

»Nicht wirklich, es ist nämlich etwas Gebrauchtes.« Sie drückte mir eins der Freundschaftsbänder in die Hand, die sie fast jeden Tag, seit ich sie kenne, um ihr Handgelenk trug.

Ich starrte es verblüfft an. »Das kann ich nicht annehmen!«

»Tja, ich bringe es bestimmt nicht zurück – du weißt ja, wie schnell diese Miranda wütend wird.«

»Aber das Armband hat Miranda von ihrem Freund bekommen«, protestierte ich.

»Wenn es dich interessiert, kann ich dir diesbezüglich ein Geheimnis verraten.«

»Schieß los.«

»Erzähl niemandem davon, aber in Wirklichkeit hat sie sich das Armband selbst gekauft. Sie hat nur so getan, als hätte sie es von ihrem Freund.«

Ein riesengroßes Lächeln erschien auf meinem Gesicht, ohne dass ich etwas dagegen tun konnte.

»Willst du es jetzt haben?«, fragte sie.

»Und ob … Ich werde es so lange tragen, bis es an meinem Arm verfault.«

»Du bist verrückt«, sagte sie mit ihrer normalen Stimme und drehte sich plötzlich um. Sie tat so, als wollte sie gehen.

»Einen Moment noch!«, rief ich.

Ich ging zu ihr hinüber und nahm ihr den Regenschirm weg. »Archie hat inzwischen meistens keinen Schirm mehr dabei. Außerdem …«, ich öffnete ihren obersten Blusenknopf, »trägt er diesen Knopf jetzt häufig offen. Manchmal soll er sogar zwei Knöpfe öffnen. Er hat sich ziemlich verändert.«

»Verstehe«, sagte Miranda. »Hauptsache, er ändert sich nicht zu sehr. Irgendwie mag ich seinen schrecklichen Schal und dass er völlig uncoole Sachen wie Stepptanz macht – das zeigt seine Individualität. Aber es wäre nett, wenn er mir ein paar Tage vorher Bescheid sagen könnte, falls er wieder eine Tanz-Attacke in der Schulversammlung plant. Auf so etwas Furchtbares muss ich mich vorbereiten. Wann kommt er denn, ich meine, wann kommst du denn von deiner Oma zurück?«

»Donnerstagnachmittag.«

»Was machst du Donnerstagabend?«

»Nichts.«

»Jetzt schon. Du bist bei mir zum Tee eingeladen. Sagen wir, so gegen sechs. Bis dann!«

COOL!
Eine Antwort von Tante Prue

Liebe Miranda,
vielen Dank für Deinen letzten Brief und entschuldige meine späte Antwort. Aber als ich aus dem Urlaub zurückkam, warteten jede Menge Briefe auf mich.
Ich bin sehr froh, dass Du Dich jetzt besser mit Archie verstehst. In jedem Menschen - auch in uns selbst - steckt mehr, als wir glauben. Schön, dass Du das ebenfalls herausgefunden hast.
Alles Gute für Deine Zukunft.

Tante Prue

MIRANDA JONES

Tante Prue
Kummerkasten-Seite
COOL!
Williams Terrace
London

Freitag, 24. April

Liebe Tante Prue,

danke, dass Du schließlich doch noch geantwortet hast. Muss Dir zwei Dinge erzählen.

Erstens: Archie. Er kam gestern zum Tee bei mir vorbei und brachte mir ein Geschenk mit: ein Freundschaftsarmband. Ich trage es gerade um mein Handgelenk, falls es Dich interessiert.

Zweitens: Ich habe mich ein wenig mit der verrückten Alten unterhalten (genauer gesagt: mit meiner Mutter). Sie hat doch tatsächlich eine Frau bezahlt, damit sie ihr sagt, wie sie mit mir reden soll! Habe mich deswegen lange mit ihr gestritten. Aber dann hatte ich einen Geistesblitz. Ich sagte: »Mum, warum schickst du die Tussi nicht einfach zum Teufel? Dann sparst du eine Menge Geld, das du übrigens gerne mir geben kannst, wenn du möchtest, und wir unterhalten uns einfach weiter so wie jetzt.«

Und genau so machen wir es nun auch.

Ach, übrigens: Ich war heute Abend im Fernsehen. (Ist es nicht toll, wie lässig ich das mal eben einfließen lasse?) Letzte Woche wartete ich mit Archie in der Halle dieses Fernsehsenders auf Archies Dad. Da stürmte plötzlich ein ziemlich aufgelöster Typ auf uns zu. Er wollte gerade eine Diskussionssendung mit Teenagern aufzeichnen, aber in letzter Minute war jemand abgesprungen. Ob einer von uns zu irgendeinem Thema etwas zu sagen hätte?

Archie wurde starr vor Schreck, aber ich machte sofort mit und quatschte alle in Grund und Boden. Es war furchtbar peinlich, mich heute Abend im Fernsehen zu sehen. Ich musste die ganze Zeit meine riesengroße Nase anstarren. Aber Mum war begeistert. »Ich könnte nie so flüssig reden«, sagte sie, »und Claire auch nicht.«

Es gibt also tatsächlich etwas, das ich besser kann als Claire. Hättest Du das gedacht? Und sie wollen, dass ich weiter bei der Sendung mitmache. Wenn Du Dir also gerne große Nasen anschaust, musst Du unbedingt einschalten. Ich sag Dir Bescheid, sobald der Sendetermin feststeht.

Außerdem habe ich beschlossen, Dir zu helfen, Tante Prue. In Deinem letzten Brief klangst Du etwas müde und überarbeitet. Was Du brauchst, ist ein Partner. Tja, Du musst nicht länger suchen. Es macht mir sehr viel Spaß, anderen Leuten zu helfen, und ich bin auch ziemlich gut darin. Ich könnte also ein paar Briefe für Dich beantworten. Ich wette, das muntert Dich jetzt ganz schön auf, oder?

Ich will allerdings nicht »Tante« genannt werden – das klingt viel zu altmodisch. Ich bin lieber einfach nur Miranda. Und ich werde in meinen Briefen sehr offen und direkt sein.

Was hältst Du davon?

Vielen Dank im Voraus für eine schnelle Antwort – bis morgen wäre super.

Miranda (Deckname: Unruhestifterin)

Der Autor

Pete Johnson wurde 1965 in Winchester, England, geboren. Er arbeitete als Filmkritiker für Zeitung und Rundfunk, bis er Lehrer wurde. Nebenbei begann er zu schreiben – mit seinem ersten Jugendroman landete er sofort einen Erfolg. Seitdem gehört er zu den bekanntesten englischen Jugendbuchautoren.

Die Übersetzerin

Maja von Vogel wurde 1973 geboren und wuchs im Emsland auf. Sie studierte Deutsch und Französisch, lebte ein Jahr in Paris und arbeitete als Lektorin in einem Kinderbuchverlag, bevor sie sich als Autorin und Übersetzerin selbstständig machte. Heute lebt Maja von Vogel in Göttingen.

+ + + treffpunkt tatort + + +

ISBN 978-3-7607-2444-7

+ + + Kai Lichte war jetzt bei der Turmuhr. Es sah für Jan aus, als ob sich Kai daran festhalten würde. Dann breitete Kai die Arme aus und fiel vom Dach. Er schrie nicht – oder der starke Regen schluckte seinen Schrei. + + +

Jan, Doro, Tim und Lina sind fassungslos: Was trieb Kai Lichte, den Einzelgänger? Warum sprang er vom Dach der Schule – oder wurde er gar dazu gezwungen? Die vier nehmen die Ermittlungen auf und geraten dabei ins Visier von Kriminalkommissar Lohmann. Ein Wettlauf gegen die Polizei und die Zeit beginnt, denn die Freunde decken die gefährliche Wahrheit auf. Können sie den schwer verletzten Kai retten?

+ + + Spannung und Action + + +

ISBN 978-3-7607-2445-4

+ + + Etwas stimmte nicht. Tim Sommerfeld drückte sich mit den Armen von der Decke hoch und blickte zum Sprungturm. Dort stand Klaus Sträußen, der Klassensprecher der 5 c. Er sah aus wie ein Häufchen Elend. Die Schultern nach vorn gebeugt, den Kopf eingezogen, als befürchtete er, von hinten geschlagen zu werden. Er hatte einen leichten Sonnenbrand auf den Oberarmen und offensichtlich panische Angst. + + +

Tim und seine Freunde sind besorgt: Im Schwimmbad häufen sich seltsame Vorfälle, die scheinbar nichts miteinander zu tun haben. Geht es um Geld oder um Drogen? Als sie nachforschen, müssen die vier Freunde erkennen, dass die Wahrheit viel schlimmer ist, als sie vermutet haben ...

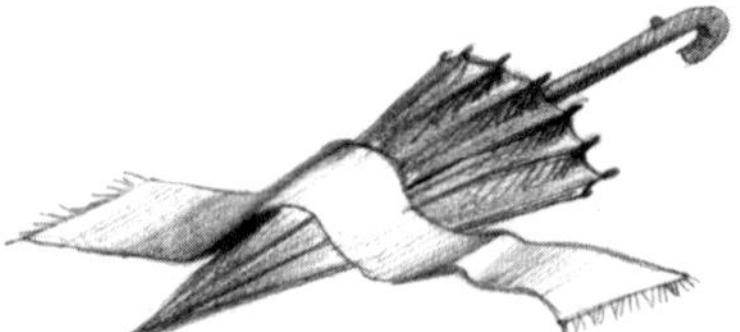